蝴蝶館 43

靜學姊

戒愛者的深情書

Seba 蝴蝶 ◎ 著

elegantbooks

自序

之前在貓咪樂園寫《靜學姊》的時候，實在是漫不經心的。

我寫靜，其實是家裡三個姊妹的混合體。當初沒有任何佈局，也不花什麼大腦，將姊妹們的行徑拼拼湊湊，一個小時就打一篇。

我們家三個女人，全不符合「那個」年代的要求。那個高中才解髮禁，支持民進黨視同叛國的年代；女人還需要溫柔婉約，笑起來不可以露出牙齒，也不能跟其他女孩子有什麼不同的時代。我們這個單親家庭，幾個互相扶持的姊妹，堅持要擁有自己個性想法的女人，在婚姻市場或愛情市場上，可以說是次等貨。

我們的情路都異常坎坷和艱辛。男人寧可追求溫馴無個性的女子，對於我們，只會試著改造和修理。

拒絕改造的，就像老二斷絕了情愛和婚姻；被改造得傷痕累累的，而我成了婚姻的逃兵；老三堅忍了幾年，反過頭來改造了自己的男人，算是成功的例子。

沒想到，幾個年頭過去，像這樣的女子，居然成了被欣慕心疼的對象，看著信箱和版面滿滿的感想和傾慕……

我想大笑。

繼而，流淚。

是的，我頗爲喜歡靜，雖然我眞不明白這樣性情的女孩子，怎能被喜愛。

在四、五年前這樣的女孩子，是被人所不喜的。也許眞的，我們早生了好些年，不過大約和我們同年次，五十幾左右的男人，還是不太喜歡自己女友如此的吧？

所以，孤獨也許是我們最好的命運，也許也是靜最好的命運。

時常，我會羨慕二妹——那個靜的原型。當她決定不讓情愛侵擾的那天起，就註定了不沾塵的未來。

而我，卻還繼續執迷不悟。

如果能夠，我希望，能斷絕情愛。爲了不讓任何我愛的人離開。

只是奢望而已。

再版序

《靜學姊》居然要再次出版了。其實我心裡非常感慨。靜學姊第一篇發表於一九八九年，而今年已經是二〇〇七年了。

將近九個年頭。我曾經想過，要不要將這篇九年前的作品徹底修改，結果發現我不能。在那時，我的文筆依舊生澀、遲滯，但帶著一股兇猛的野味。我不可能回到那個時候，但我也無法動筆修改《靜學姊》。

每一本小說我都寶愛萬分，費盡心力。但當中有一小部分，我必須掏空自己的一切，似乎是打碎靈魂碎片般嵌鑲，才能夠寫得出來。但寫這類小說的時候，因為有太多的「自己」，所以往往痛苦莫名。

一開始，書寫靜是很簡單的事情。漸漸的，我感到痛苦。這種痛苦不是靈感不足還是故事結構的問題。當初寫靜就立意要寫「沒有結構、鬆散」的單元劇，因此，我用了大量短句子、短段落來營造「清冷」的感覺。但這種極度的低溫，卻讓我有種凍傷似的灼熱感。所以「書寫」很容易，但是我的「靈魂」會燙傷。

現在看起來，《靜學姊》不夠完美。但這是個里程碑、是個標記。在那個年代，我書寫的「戒愛期」代表作。重校《靜學姊》的過程，讓我頻頻想起一位朋友爲我寫的「合唱劇」，那是我因爲網路貼文心灰的時候，爲我而寫的。

荒謬的合唱劇　作者：PAVA

第一幕

版眾在黑暗中，低聲吟唱

在黑暗中等待，在黑暗中等待
許久的等待換一滴眼淚，或者笑聲
他讓我等待，蝴蝶的翅膀
煽動著這情緒的海
暗灰色的鱗粉
訴說著那不斷流動的故事
在黑暗中等待，在黑暗中等待

我們在黑暗中等待
耐心等待
歡喜等待
日夜等待

女王在幕後
你們等待的是我燒灼的靈魂
你們等待的是我燒灼的靈魂
你們等待的是我生命的碎片
你們等待的是我幽暗的腳印
你們等待著我
而我用，
靈魂的燒灼
碎割的生命
腳印的幽暗

回應你的等待
而你如何回應我
問問你自己如何回應我
唉
（管弦樂漸弱）

管弦樂再度出現，節奏轉輕快
穿著白色緊身衣，唯獨鼻子一點紅，唯一的聚光燈打在身上
白色人影（紅鼻子）輕巧的單人舞
我也在黑暗中等待
像眾人一樣
我也在黑暗中等待
像眾人一樣
而我回應你，如此熱烈地回應你
是我一整個的
吞噬或者

再次產出

而我回應你，

你的淚水有著我的名字（摘起一版眾的帽子，塞進另外一個人的褲裡）

你的名字有著我的聲音（把一版眾推倒在地）

你的聲音有著我的嘶啞（把一版眾擺成倒立）

你的嘶啞彷彿我的笑語（把一版眾的鞋子放到另一人頭上）

而

我的笑語映在你的淚水裡（向全場鞠躬）

女王在幕後

唉

我用靈魂的燒灼（白：你燒灼的靈魂）

碎割的生命（白：你生命的碎片）

腳印的幽暗（白：你幽暗的腳印）

合：而你（我）這樣回應我（你）

女王低唱

我與世界的通道將就此關閉
我將不再感受世界的光
我不要感覺你們的呼吸
我不會搏動著你們的心跳

世界與我的通道將就此關閉
世界將不再感受我的光
世界不會感覺我的呼吸
而世界
終將沒有心跳

版眾

我的回應雖然卑微，
但我們終能照亮一個角落

但你的靈魂不再滋潤我
但你的生命不再餵養我
但你的腳步不再引導我
最後
這個角落也將歸於黑暗

小白：
你的淚水，經過我，有了更多眼淚
你的名字，經過我，有了更多名字
你的聲音，經過我，有了更多聲音
你的嘶啞，經過我，更加嘶啞
而不知感恩的你
而愚蠢的等待著的你們
這般回應我

而我，歡唱著寬恕你們
還更勤快地
讓你有更多眼淚
讓你有更多名字
讓你有更多聲音
讓你
更加嘶啞

女王：
我將以烈火燒灼你
以淚水淹沒你
以歌聲圍困你
以我的沈默
祭奠你

而這曾經歡笑著悲傷著的世界啊
我詛咒你們
一起沈默
直到末日為止

❄ ❄ ❄

事實上，靜學姊是個「官方」結局。我在女生出版社的時候，寫了一本《深雪之戀》。很激情夢幻的發展，很快樂的結局。但事實上，那不是我覺得理想的結局。

《靜學姊》有沒有續集呢？

但眞的要寫完靜學姊，我又覺得沒什麼好寫的。我想她的一生跟我相同，都已經劃下永遠的休止符，失去一切火花了。我們成爲旁觀者，帶著灰燼似的冷眼，就只是看著這世界的無盡輪迴。於是在《孤獨未必寂寞》當中，我側寫了靜的「後來呢？」，在染香激烈而傷痕累累的旅程中，和她相逢過。

我想靜應該還在「蝴蝶養貓」中靜靜煮著咖啡，等待著，或者不等待著。

承蒙出版社美意，讓兩本合訂，也讓《靜學姊》這本書更完整。

算是我對那段用文字療傷，試圖戒除愛情的時期，一點點遙遠的懷念。哪怕帶著灰燼似的虛無，但我非常平靜，平靜宛如慕穴長眠。

感謝上蒼，我終於成功的戒除愛情。

蝴　蝶　2007/7/23

靜學姊

會和靜學姊相識，其實也挺偶然的。

偶然在某個喜歡灌的個人版，對於資優教育發出了幾句嘲笑，沒想到版主這個大姊頭嗆聲了，一攀談，居然是國中資優班的學姊。

就像他備受矚目的國中生涯，進出輔導室的學姊，也因爲孤寂不合群被排斥。彼此都有點印象。

沒多久，靜學姊居然進入公司當了出納，跟他隔個上下樓，更是巧合得緊。

看見靜學姊，和國中時那種驚惶的樣子有很大的差別。幾年的光陰過去，她變得漠然，手指間夾著靜靜燃著的菸。

但是看見她，卻有種說不出來的懷念。雖然說，國中資優班的生活讓他痛恨，但是那也是他的感情第一次的付出。而初戀總是純美的。

看見學姊，像是看見那段青澀卻甜美的歲月；像是蒼白著臉，但是倔強的小女友，拄著枴杖，微跛的和他走在圓形的教師大樓。拚命念書是爲了不讓人阻礙他們的愛情，那樣單純但堅定的信仰。

尤其看見學姊微跛著走著，他的心裡，激動得很厲害。

學姊居然和她重疊起來，他的眼睛有點模糊。

「學姊，妳的腳……」

「沒事兒，車禍。大約要個幾年復健。」難怪她走得這麼慢呢。

「怎麼上下班呢？」

「有時騎機車……但是最近腳的負擔大，所以搭公車。」

搭公車也要時時站著。這麼疼著，怎麼好得了？

靜學姊輕輕掠掠長長的頭髮，微微笑著。手指仍然夾著靜靜燃著的菸，長長的裙子無聲的前行，很慢很慢。

看著她走遠，彥剛追上去，「靜學姊！」

她回眼，用眼睛問了個「？」。

「現在住在哪？」

「民生路。這些年，我沒搬過家呀。」

他笑了，「我也是。」

後來，他開始送靜學姊上下班。

靜本來是不肯的，彥剛說，「欸，反正我也是空車來，空車去。載妳加油的錢也不會增加。」

後來她笑笑，不堅持了。

公司裡傳得厲害，靜學姊向他說抱歉，他要靜學姊不必介意。

看見學弟乖乖的走在自己身邊，靜的心裡，不是沒有感動的。像學弟這麼好的男人，不曉得哪個好運道的女人，能得了去。

對於學弟的過去，她也略有所聞。據說他和初戀情人的感情，維繫到當兵，理所當然的兵變，將近十年的感情就這樣付諸流水。當完兵念了研究所，和學妹戀愛起來，沒想到學妹家裡用命理之說，阻絕了兩個人的來往。

她輕輕的歎口氣。多情的人多感傷，多情的人多斷腸。

有個特別累的夜晚，她淡淡的說了自己的故事，拖了八年的慘不忍睹，自己還好，坐在身邊的學弟倒紅了眼眶。

聽說了彥剛的學妹從國外回來了，靜淡淡的跟彥剛說：「這幾天沒騎車，車都要壞了。這些天我騎機車上下班。」

彥剛心裡動了動，很感激學姊的體貼。他請了幾天假，專心的陪無緣卻仍然愛著的她。

未久，她仍然飛回美國。像是把彥剛僅有的快樂也帶走。

他失魂落魄的回到公司。下雨，看見靜費力的穿著厚重的雨衣，跛著腳，牽車。

「學姊。我載妳回家。」他輕輕的拉靜的袖子。

靜沒說什麼，將雨衣塞回置物箱。

坐在車子上沒多久，雨居然停了。

「今天我不想這麼早回家。」靜開口了。

「那，學姊想去哪？」

「淡水，好嗎？」

他將車開去淡水。

洶湧的海水，他站在堤防上，看著落日破開雲層，西落。東邊月亮緩緩的升上來。日與月同時存在於天空，但是他們能相見的時間是那麼短。

靜學姊抽著菸，不發一語的走向沙灘。長髮和長裙緩緩的飄動，青煙嫋嫋。然後她蹲在沙灘上，用著漂流到岸上的枯枝在沙上寫著。

夜風有些冷了。彥剛看著蹲在沙灘上的學姊，有些擔心她的單薄。

他走過去，「學姊，冷了，別蹲在潮地上。」看見她寫的。

「相聚趣，離別苦，當中更有癡兒女。」問世間情爲何物……靜沒有回頭，站起來，拍拍身上的沙，「沒看過神雕俠侶？」一笑。

彥剛的眼睛一熱，從後面抱住了靜，哭出聲音。靜的身體僵硬了一下，「我討厭人家碰我。」她卻用拿菸的手，輕輕的掐拍彥剛的手背，「但是，現在借你抱一下吧。不要太久。」

他的眼淚撒在靜的肩頭，點點滴滴。

憶往

公司同事鬧哄哄的走向停車場，沒人注意到向晚的淡水天空，瀲灩火紅湛藍。

靜依例緩緩的走著，彥剛放慢了腳步，和她一起慢慢的走。

「海中天的菜還不錯。」靜微笑著。

他可不喜歡公司聚餐這種鬧哄哄的場面，但是他說，「是啊。」

本來要去取車，公司那群小夥子堵著路，看著小陳的新車。很酷的DT，「沒想到，現在還有人騎這種車呢。」靜對彥剛笑著說。

「楊靜阿姨，我騎這種車有啥不對啊？」沒想到小陳聽見了。

「沒有不對啊，以前我也騎過。」靜燃起一根菸，青煙嫋嫋。

小陳他們很沒禮貌的哄笑了起來。靜也笑著，「幫我拿一下皮包。」

「借我騎？」她叼著菸，向小陳伸手。

她發動車子的時候，一陣嘲笑鼓掌，「別逞強了~楊靜阿姨~」

靜把長裙的裙角用胸針別到腰上，跨上機車，微笑。猛然的將車子衝出去，靈活的在停車場的空隙中，S型的穿梭。飛快的，長髮沒有約束的在腦後飛揚。

騎回到小陳面前，速度沒有減慢的意思，嚇得小陳大叫，卻輕盈的停住，距離小陳大約半公尺而已。沒有一絲煞車的聲音。

靜叼著的菸，仍然青煙嫋嫋。

「不錯的車。」靜把車子架好，說。微跛的慢慢走了。

彥剛簡直驚呆了。

「學姊。」

「怎樣？」她撥了撥凌亂的頭髮。

「妳會……妳會騎那種車？」

「會。」她找出梳子，開始梳頭髮。「以前我們常在淡金公路飆車。那是很久的事情了。」

「想聽？」看著學弟眼底寫滿的興奮，她呼呼的笑起來。

靜高職畢業以後，到樹林的一家工廠當個小小的會計。

爲了通勤，她不怕摔的學會了機車，但是她的二手機車卻常常出狀況。同工廠的廠務袁先生，默默的替她整理車子。

那時靜都喊他大哥。

也許袁看靜雖然是個女孩，卻肯躺在地上拆螺絲，本來對於機車改裝很專精的袁，於是傾囊相授。後來發現靜對於飆車的興趣比改裝的興趣大，他乾脆帶著她去飆車。

同廠的一個小孩子叫伍擇明，本來就跟大哥一起飆車，加了靜之後，五點一下班，就往淡海跑，一天沒試一趟淡金，就覺得當天渾身不對勁。

「伍弟比我們都小，那時我十九歲，大哥二十六，伍弟才十六歲，但是壓到砂石車下這些有的沒有的特技，都是伍弟教的。」

伍弟家本來就開機車行，等於是坐在機車上長大的。要不是他的父親被人家倒會自殺了，他也不用來公司當童工。

但是他可笑嘻嘻的，沒半點愁容。

伍弟對於靜這個學生很驕傲，有時路上遭遇到挑釁的對手，會乾脆讓靜去對付。另一個成員童浩雲，就是跟靜尬車，被靜露了一手壓進砂石車下面再旋出來的技巧，服氣後，也跟著他們一起飆。

小童是高四生，老把白襯衫拉出褲頭，踩著鞋後跟，邋邋遢遢的。

他服氣靜，其他人都不甩。

「砂石車……壓進去……妳說的是這種砂石車？」

他指著旁邊開著，正在怒吼著黑煙的砂石車。

「對啊。你沒看見砂石車的底盤很高嗎？」靜彈彈菸灰，「壓低膝蓋，進去，再旋出來。其實沒有想像中的難。」

後來公司附近小診所的早班護士小姐徐曉玉也加進來，長了張可愛的臉，卻比誰都悍，也都不要命。

他們五個人，常常在淡金公路上狂飆。喝喝啤酒，坐在金山的臺階上，沉默卻舒適的度過夜與日的交接。

「就這樣？沒有打架？沒有械鬥？沒有磕藥？」彥剛有點失望。

哇勒。

「大哥不准我們磕藥。磕藥不就跟那群飆車的沒兩樣了？我們是特別的。這理由很鳥，但是我們都很聽話。械鬥沒有……打架……我不知道那算不算打架。」

也是淡金公路上發生的事情。在淡金公路上，遭遇了另一群飆車的。他們五個人的車況比較好，也比較懂得團隊飆車的規律，所以很簡單的越過他們，狠狠的把他們甩在後面，有個傢伙想超車，不小心摔在馬路上打旋。因爲他們的夥伴停下來看他，事實上和靜他們沒有關係，也就這麼一路飆到金山去。

剛好她和曉玉一起去買飲料，回來發現兩群人一觸即發的對峙著。

那時靜和曉玉正好抽著菸，對方的頭頭要他們擺桌賠禮，要不，找個人出來劃下道來單挑。

靜笑笑，「那來賭氣魄好了。」她將燃著的香菸，按在穿著短褲的大腿上。曉玉也笑笑的按上去。

大哥、伍弟和小童，也笑笑的燃了菸，按在自己的上臂。

靜默，空氣中飄著香菸和燒焦的氣味。

對方的頭頭翹了大拇指，收隊。

等他們騎得遠了，伍弟打破沉寂，「靜姊，妳幹嘛賭這種氣魄……好痛啊！」

「叫什麼叫，我也好痛欸~」

買來的啤酒沒有喝，全拿來冰敷。

「喏，我的腿上還有疤。」靜笑著指指自己的大腿，「就在裙子底下。我們……不算打架吧。」

是是是，彥剛點頭如搗蒜。這比打架可怕多了。

「後來，爲什麼散了呢？」彥剛突然覺得這樣的情感結束很可惜。

「其實，也不算散了。若不是我老爸死了……」

他們飆了一年，靜二十歲那年，剛好靜的爸爸空難過世了。航空公司給的撫恤金很優渥，靜的爸爸又有保險，加上靜把雜貨店頂出去，一下子，靜可以不用工作就有飯吃了。

「我老爸重男輕女，可惜他生了我以後，啥子蟑螂都生不出來。偏偏我媽在我國中時過世後，沒有人敢嫁給他，他只好認命了。他非常討厭我，所以我也只能念念高職。出來還是得靠自己。」

但是父親過世後，靜馬上把工作辭掉，跑去補習班報名。拿出錢給大哥和伍弟開機車行，架著小童、曉玉一起去補習。

「小童只是欠個人關心，他滿聰明的。現在，他可是哈佛的學生喔。」靜笑瞇了眼睛，向來冷冰冰的臉，少有的溫柔起來，「曉玉現在在成大攻讀醫科。」

她抓著小童和曉玉一起去補習班住校，不管補習費或是住宿費都是她出的，叔叔和姑姑們知道後，恨不得把靜生吃了。

成天來補習班吵，要靜回他們家，把錢交出來。

「成天把錢貼到外人身上，成什麼體統？」

靠。「去告我。」靜跟補習班櫃檯說，「可以叫警察了。」

被狂怒的老爸打斷手骨的時候，哪個人來探過頭？那雖然是童年的事情，靜沒有一天忘記被打個半死的媽媽，和她被打斷的手。
那些叔叔、姑姑只是遠遠站著，笑著指指點點。
沒有親人，只有這幾個腿上、臂上留著相同的疤痕的兄弟姊妹。要那麼多錢做什麼？如果我抱著錢堆睡覺，看著兄弟姊妹苦苦掙扎……靜永遠無法原諒自己。
「笑什麼？」靜看見彥剛嘴角的笑。
「沒想到……靜學姊有這麼精采的少年時光。」
「如果你會害怕，我也不會生氣的。」靜又點了根菸。
「不會。我比以前更喜歡靜學姊了唷。」
靜微微的笑著。
「這邊停車吧。我的機車在這裡。明天見。」她下車，機車行的老闆馬上迎上來，靜笑嘻嘻的喊，大哥。
大哥？
彥剛也跟著下車。
「哎唷~我們小靜有男朋友了~」黝黑的老闆大力拍著靜的背。
靜一拳打在他的肩窩，「我的國中學弟啦。」

「學弟~靜姊，妳怎麼沒等我？我的心碎了~」全身都是機油，卻很英氣的年輕人，開著靜的玩笑。

靜只是輕輕笑著，冷不防，她左右手手刀，小伍格開來，然後慘叫一聲往後一跳，「靜姊，妳要我絕子絕孫那？」

「又沒有碰到。」靜放下膝蓋。

「碰到還得了啊~」

靜露出少女般無憂無慮的笑容，看著這種笑容，彥剛突然有種莫名的感動。

大哥和伍弟硬把她趕回去，「車子一修好，就幫妳送回去啦！人家在等妳……快去快去……」

看著靜微跛著，彥剛心下一動，「學姊，妳的車禍怎麼出的？」

又燃起菸來，「只是太久沒試過，誤以爲自己還是少年時罷了。」

「妳……妳去壓到砂石車下嗎？」彥剛的聲音大了起來。

靜沒有說話，只是靜靜的抽著菸。

爲了八年的愛情到頭成了一場空，成了遊魂的靜，沒有一點可著地。她開始尋找記憶中速度的快感。

她眞的不是想要死，只不過，壓進去的那一剎那，她突然想放棄而已。

只是跛了一條腿，真的是運氣。
吐出一口煙，靜籠罩在，安全的煙霧之下。

Give me five

假日裡，長日漫漫。靜醒來好一會兒，沒起床，倒是伸手拿打火機。徐噴以煙，作青雲白鶴觀。美麗的纖塵在朝陽的金光中飛舞……電鈴粗暴響了起來，該死。靜恨恨的起來，發明電話和電鈴的人，都很該死。

打開門，看見他，靜愣了一下。

「靜靜，好久不見了。」正旭的笑容，還是陽光一般，可惜就是沒法子再影響靜。

「好久不見。」她沒有開門的打算。

正旭有點兒尷尬。「不請我進去嗎？」

「不。」靜很乾脆的。你知道，獨居女子還是要小心死於非命。尤其眼前這個奸險的前任男友，更不可以相信。

「不讓我進去，怎麼把喜餅拿給妳呢？」他晃了晃手上的喜餅，「還是恨我？」

這個帽子大了。就算冒生命危險，也得讓他進來，免得他還以爲靜舊情難忘。開了門。

「要結婚了？」靜淡淡的問，倒了杯咖啡到他面前。

「嗯，小花要結婚了。」

小花？不是正旭？靜喝了口咖啡，卻沒有問出口。和他講話是件累事。

「好嗎？靜……這些日子以來？」

「好。」離了你，是一九九八年最值得放鞭炮的事情。

「我和她……分手了。」

關我鳥事，「很遺憾。」言不由衷著。

禮餅放下，快滾吧。

「靜靜，我很想念妳。」

這是我的不幸。

門鈴又響了，靜從來沒有覺得門鈴這麼悅耳過。

「學姊！早啊～我剛好從這裡經過……」正旭居然擠過來門口。

彥剛用眼睛問了個「誰？」靜用眼神厭惡的回答，「就是那個天殺的他。」

沒有說話，兩個人都了然在心。

「這位是……」正旭輕輕搭著靜的肩頭，靜不著痕跡的斜了斜肩，卸掉他的手，「我學弟。進來吧。」

「我們有這個學弟嗎？從來沒有見到過呢。」正旭笑著，眼神卻很肅殺。

「我國中的學弟。你怎會見過。」靜開了門，「要喝什麼？」

「金萱。啊，學姊，我來幫妳……」彥剛不忘對著正旭說，「學長，不用忙了，學姊和我來就好了。」

雙雙到了廚房，彥剛俏聲對著靜說，「就是他啊？人模人樣的。」

「我也這麼覺得。就是外面看起來像個人吧。」

彥剛偷偷地笑了起來。

「怎麼來了？」

「我想學姊星期天沒躺到中午起不來的，所以來送牢飯啊。」他晃晃手上的燒餅油條。

「我咬一口。」靜開始啃燒餅油條，彥剛邊燒水邊準備茶具，「吃慢點，別噎著了，學姊。」彥剛給了靜豆漿，端起茶具，「嘿，這茶雖然不是甜的，能不能叫他茶杯下壓紅包啊？」

「讓你嫁給他，我也不忍得，學弟。」靜噗哧的笑了出來。

聽著彥剛和靜在廚房裡小聲小聲的笑鬧著，正旭很不是滋味。和靜分手半年而已，沒想到她這麼快就有男朋友。

學弟？哼。

彥剛端出茶具，熟練的泡茶，好像他對這裡的東西都很熟悉似的，這讓他心裡更沸騰。

「靜靜，我有話跟妳說。」

「說。」靜端起茶杯，連頭都沒抬。

「哇！圓山欸～」彥剛拿起喜帖，跟靜說，「我還沒去過圓山欸～靜學姊，妳要去喝喜酒嗎？」

「不一定。怎樣？」

「學姊要去的話，我也跟妳去好嗎？」

「當然好啊。」靜笑笑的看著彥剛。

「靜靜，我有話要跟妳說！」正旭的聲音提高了。

「說啊。」

「我不要有外人在這裡。」靜靜一定是在生氣。難怪她。這次他是有點過火。但是，他們不是在一起八年了嗎？這次和以前也一樣，靜靜也會原諒他。

「外人？學長，你說你啊？」彥剛笑嘻嘻的，「我不會介意你這『外人』的。不過，等等我和學姊約好了，所以，學長，下次再說吧。」

靜原本冰封的表情笑了起來，輕輕的在學弟的肩窩打了一拳。

「他說的沒錯。所以，以後再說吧。」靜站起來，作出送客的姿態。

「靜靜，妳聽我說……」

「我們要出門了。」彥剛插在他們中間，打斷正旭的話頭，「學姊，我們不是要去看雷恩大兵？太晚會沒有位置喔。」

正旭握緊拳頭，咬牙切齒的對著彥剛。穿著棒球外套的彥剛，比他還高半個頭，笑笑的。

沒必要和這傢伙硬碰硬。正旭想。反正靜靜會回到我身邊。

「明天我再來找妳。靜靜。」

「眞不巧，學姊明天也答應了我呢，學長，你要提早預約才好。但是，明天……後天……大後天……這輩子……學姊都被我預約了。看樣子，學長要找靜學姊說話……下輩子吧。」

「別胡說，學弟。」但是靜把手插進彥剛的臂彎，「我們沒啥好說的了。就像他說的，下輩子吧。」

「賤女人……」正旭罵了一句，彥剛猛然上前，碰的一聲，打在木門上，木門的壓花居然裂了，「學長，麻煩你再說一次。」

狼狽的，正旭逃走了，彥剛還在後面說，「路上小心哪，學長。」

「他是你哪門子的學長？你念台大，那傢伙被成大踢出來，又混到東吳去。」

靜笑了出來，眼淚也隨之而下。眞是不甘心，居然在這種垃圾身上，浪費了八年寶貴的青春。

彥剛掏出手帕給她。

擦乾眼淚，又是那種沒有表情的冷漠。但是彥剛知道學姊其實很高興的。

輕輕掠掠長長的頭髮，窗外的天空，藍得像是剛剛洗過的一樣。就像靜的心。

「Give me five！」

「啥？」

靜把手伸出來，臉上的笑淡得幾乎看不到。

哈。學姊也會Give me five啊？

拍了靜的手，靜也拍了他的手，凌空互擊。

勾著手，笑著一起走。

「走咩。去看搶救雷恩大兵啦。」

「我要吃爆米花……可樂……滷味……鹽酥雞……牛肉乾……」

「喂喂喂，學姊，我們是去看電影的欸～」

「還有玉米……甜不辣……巧克力……魷魚……蠶豆酥……」

「學姊……妳吃下去的東西哪裡去了？瘦得前面後面分不清楚……哎唷～學姊，妳怎麼打我～」

婚宴

到了圓山飯店，同學們果然一湧而上，弄得靜有點無奈。

這些人這麼熱情幹什麼？就因爲她帶了個「朋友」？

「……這是我的學弟。」她笑笑的介紹。

「學弟～」大夥兒哄鬧了起來，「高中學弟？」

「不，國中。」鬧得更凶了。眞是一群無聊人。

彥剛倒是很大方的對著大家微笑和點頭。到了宴席上，同桌的同學拚命的向彥剛敬酒，他也不推辭。

靜倒是爲了老同學那種「終於放了心」的肢體語言笑了起來。

大家都是好人。當年正旭對她總是不好，同學就常替她抱不平。那時被愛情沖昏了頭，總覺得男朋友是天，其他的朋友都是糞土。

女人也是會有異性沒人性的。

連穿得美美的小花和小白都一起上來逼酒，靜終於大笑了起來。

「小花，今天妳是新娘欸，有點自覺如何？」小花居然把禮服的裙子撩起來，一腳踏在椅子上，和彥剛喊起酒拳，當新郎的小白，還在旁邊吆喝助威，這場面真的爆笑。

「妳懂啥？輸人不輸陣……四季紅啊～」直到彥剛輸了喝了酒，那對新人才甘心回自己位子，家長的臉早氣黑了。

「在圓山飯店喊酒拳？」靜悄悄的跟彥剛說，眼神促狹。

「立志到總統府大廳喊呢，如果學姊去的話。」彥剛也跟她咬起耳朵。

「罷了，我丟不起這種臉。」靜掩著口。

正旭剛好走了進來，看見他們倆笑嘻嘻的咬耳朵。

那表情活像抓到了姦夫淫婦似的。

剛好坐了對面，靜和彥剛倒是沒啥影響，只是彥剛突然變得很殷勤的替靜布菜盛湯。

「我有手。」靜皺了皺眉毛。

「我做給對面那個看的。很奇怪，怎看他怎不爽。」

靜只是笑著喝著湯。

小花和小白倒是很喜歡彥剛，一桌桌敬酒的時候，把他拖去擋酒。靜沒理彥剛的慘叫，還向他揮了揮手。

趁著混亂，正旭坐到她的身邊。

「怎把他帶來？」他嫌惡的看了眼彥剛。

「爲什麼不帶？」

正旭醞釀著怒氣，不出聲，靜沒理他，異常和平的吃著甜點。

「妳不問，爲什麼我要跟妳分手嗎？」他突然冒出這一句。

「不是因爲有了她？」靜以爲自己心裡會波濤洶湧，沒想到心跳照跳七十二。

「那只是藉口。我覺得，我太寵妳了，所以要給妳一點好看。如果妳願意改掉妳的嬌慣，我們還是可以在一起的。」

靜看著他，不曉得怎樣叫作「寵」。如果說，一個月不到一次的來公司載她回家就叫作「寵」，這種寵還是不要的好。

「謝謝你不再『寵』我。因爲沒有你的『寵』，我才能發現世界原來這麼遼闊，你這樣的禍害，原來不太多。」

靜站起身，「眞的謝謝你。」轉身就走。

他出手拉住靜，突然手一痛。彥剛面罩寒霜的給了他一記手刀。

「想對學姊做什麼?」氣氛突然僵住了。

靜拉住彥剛，「甜點也吃了，回家吧。」

進了計程車，「謝謝。」靜說，卻沒有看他，只顧看著窗外。

沒有反應。

彥剛已經睡沉了，緩緩的滑倒在靜的肩膀。你還眞喜歡我的肩膀啊。

靜把車窗打開，燃起昏紅的菸頭。

搬家

門鈴響起的時候，靜還迷迷糊糊的去按鬧鐘。按了好幾下，看見夜光的時針指著兩點，門鈴還響個不停，她的心裡就起了火了。

憤然的打開大門，除了消防隊員和警察外，她準備毆打來按門鈴的人。

彥剛的臉色比她難看多了，活像剛辦了喪事一樣。

「誰死了？」如果不是誰死了，這麼晚來吵她，簡直是找死。

「開門。」

靜迷迷糊糊的開了門，「來幹嘛？」

「睡覺。」彥剛兩眼發直的看著靜，把靜的睡意全打消了。

不會吧。「學弟，你沒事嗎？」

彥剛臉色難看的抓著靜，「床在哪？」

喂！

一看到靜的床，彥剛臉朝下的跌到床上，發出鼾聲。

靜笑了起來，搖搖頭，胡亂拉了床被子，去沙發睡到天亮。

天亮，彥剛坐在床上發呆，不太明白自己怎麼會在這裡。

「你要負責……」靜穿著睡袍，叉著手跟他說。

難道……難道我昨晚在精神耗弱的狀態下……我怎麼都想不起來~

「……負責把棉被疊好，知道嗎？」

幸好……彥剛的心臟差點停掉了。但是又覺得有一點點可惜。

「怎麼了？」靜把咖啡遞給彥剛，發現男人吃東西的速度真快。

「沒啥。我的大姊和二妹同時生產，家裡兩個新生兒，我已經連續一個禮拜沒睡好了。」

那也不要半夜吵我吧？

結果當夜一點半，彥剛又來了。

第二天是十二點。

第三天乾脆下班就來了，連行李都提著。

「學弟，你不會說要住我這裡吧？」靜簡直不敢相信。

「我不能睡啊。學姊，我會打地鋪啦。」

靜無奈的讓他進寢室的木質地板睡。

兩個人都躲在床上看書，靜無言，彥剛無語。

要睡了，關上燈。「學弟。」

「唉。」

「趕緊找房子吧。」

「在找了。」

眞的找到了。他住在靜的家裡一個禮拜，終於找到房子了，靜也很高興。但是彥剛卻有點悶悶的感覺。和靜學姊住在一起，感覺其實不錯。

一起研究地點。「板橋市民生路五十六號四樓？」靜不敢置信的抬頭看彥剛，「我家樓上欸。」

彥剛呆了一下，高興的笑了起來。太帥了！

「找別家吧。」靜提議。

「不要。」彥剛很開心。

「我不要天天看著你啦。」

「嘿，才不要，我要天天來玩。」

「我不會做菜。也沒學的打算。」

「我會做啊！」

靜搖搖頭，點了菸，走了。

彥剛很高興的搬進了靜家的樓上。他也天天到靜的家裡報到。

兩個人的生活，其實也不錯。靜微微的笑著，青煙嫋嫋。

南都夜曲

她姓夏，夏月季。關於她的傳言很多，有人說她在風塵中打滾過，也有人繪聲繪影的數說栽在她裙下的犧牲者，從工友到總經理，階級分佈得很平均。

但是平常的她，只是個年近四十，帶著黑框眼鏡，盤著髮髻，在人事室裡管理人事和勞健保的老小姐而已。

女同事喜歡在她後面竊竊私語，認為跟她上床的男人……

「一定是覬覦考績而已啦。」有張櫻桃小嘴卻超好廣播的意雲，這麼說著。

靜打從心底厭惡那群女人的嘴臉。原本要裝開水的她，馬上掉頭就走，等那群長舌女走了之後，這才回到飲水機。

正好夏月季也在哪裡。兩個人彼此心照不宣的笑一笑。

「安靜多了。」靜只說了這麼一句。

月季笑笑，將個罐子伸過來，「抹茶。試試？」

靜舀了一匙，沖成一杯碧綠的茶。

「不錯喝，謝謝。」

有天經過人事室，靜送了包涼菸給月季。

「維珍妮？」月季收了下來。

「嗯。人家送的，但是我只抽555。」

「謝謝。」

偶爾會一起在樓梯間抽菸，共同承受女同事詫異厭惡的眼光。她們旁若無人的繼續抽自己的菸。她們的交情就是這樣，淡淡的，就像維珍妮。

月季總穿得像個粽子，看不出身材好壞，但是她的足踝纖細，穿著高跟鞋，小腿的線條已經很優美了，她還在足踝上戴條踝鍊。行走時，會有細碎得接近聽不見的鈴琅聲。跟在她後面爬樓梯，的確賞心悅目。

但是靜跟她的交情，也就這麼多了。別人對她的瞭解，更只有那些誰也不確定的流言。

「流言！我要點流言！」整室鬧哄哄，令人疲倦。若不是學弟喜歡唱歌，硬把靜拖出來，她根本討厭來ＫＴＶ唱歌。

白天相處八小時已經夠討人厭了，連晚上的時光都……受不了。

「學姊，拜託啦！妳不跟我去，我真的會被灌到出車禍，妳也不忍得吧？」面對學弟這樣無辜的眼睛，她也只好無奈的點了頭。

發現月季也被拖來了，兩個人相互的挑挑眉笑笑。

幸好不是一個人熬的。但是KTV吵成這樣，連聊天都不能。

硬壓著她們倆點了歌，她已經讓荒腔走板的歌聲鬧得歌興全無，只想快快逃走。

「南都夜曲?!誰點這種老古董？」一陣哄笑，「跑錯帶子啊？」正要切歌，月季盈盈的站起來。

「我的歌。」她對著每個人笑了一笑，黑框眼鏡放在桌子上。

拿了麥克風，她像是換了個人似的。

亭亭的站著，一隻手纏綿的繞著線，一手拿著麥克風。歌聲，緩緩的從她的口裡深沉而出。

南都更深，歌聲滿街頂，
冬天風搖，酒館繡中燈……
姑娘溫酒，等君驚怕冷，
無疑君心，先冷變絕情……
顛來倒去，君送金腳鍊……

鈴鈴琅琅，喚醒舊結緣……

啊～愛情，愛情，可比紙暈菸……

這樣深沉的悲哀……這樣魅惑的聲音……讓鬧哄哄的包廂靜了下來。目瞪口呆的看著她。震盪著。

她的臉，泛著桃光，就像時光緩緩的溯流，回到南都夜港，回到繁華夜都城，她就是那身著五彩掐絲旗袍，踝鍊著鈴琅，街頭慘哭無伴的碎心風塵女，淚影闌干。

一曲終罷，靜默了一秒鐘；拍手的聲音驚嚇了來送啤酒的少爺。

靜也呆了一呆。只能望著自己的茶杯，等眼底的液體蒸發。

包廂的熱鬧繼續蒸騰，她看見月季悄悄離去，靜也跟著。

月季在樓梯間抽著菸，煙霧嫋嫋。

靜靠著牆，「唱得好。」

「呵呵……這原是我的本行。」月季徐徐的吐出一口煙，「他也最愛聽我唱這首。」

「他？」靜取出銀質菸盒。

高中畢業，月季選了舞女這行業。

雖然說，她的確在感情上受些刺激才這樣，畢竟是自己的選擇，沒有什麼抱憾。

「我很會耍弄男人。呵呵。」她輕輕咬著平光眼鏡的腳，「只要不愛上誰，戲侮他們我很高興。妳相信嗎？我在風塵相當快樂。」她的眼波橫陳，媚得女人都會心跳。

她在風塵中，能歌善舞的她，因爲年少與聰慧，很能適應環境和生存。一直相當愉快的月季，偶然的，遇到他。一個不介意月季身分的大學生。

月季對於自己的身分從來沒有介意過，但是他卻渾似自己的分身般。

「於是，我愛上他，他……有段時間也愛我。」眼神淒迷，嘴角噙悲。

如此契合的心靈，如此喜悅的愛情。不介意對方的身分年齡，只是單純的，愛戀著。直到……

「但是，他走了。他不是因爲我是舞女走的，不是因爲討厭我走的。而是他遇到了身分學歷年齡匹配的人，但是和我一樣心智的，所謂同類走的。」她伏在樓梯的扶手笑了起來，聲音清脆得像銀鈴。

「說不定……我是讓自己誑了一場。讓我刻骨銘心的愛情，說不定，根本是我自己的幻覺。誰也不曾愛上我，一切都是我自己誑自己。一定是這樣的，絕對是這樣的，原來是這樣的。」

她仰頭大笑。

「所以什麼都沒有，只不過是幻覺。所以……我不用哭泣，不必哭泣。」

「我……褪去了舞衫，只爲了不想再融入南都夜曲……我身邊的男人不停的換，但是……我不再誑自己，也不讓人誑了。」她低頭看著自己的足踝，「我毀掉所有他給我的東西，只留下這條踝鍊。這是很好的教訓，很好的。每次聽到踝鍊的聲響，就會提醒我……」

「假的。一切。誰都不愛我，我也不愛誰。」

月季一直沒哭，她笑著，梳開滿頭濃重的頭髮，鬆開頸上規規矩矩的釦子。眼神嘲諷而冰冷。

她把兩千塊塞到靜的手裡，「唱歌的錢。我不讓任何男人請，實在不耐煩捱下去了，跳舞去。」

她衝下樓梯，鈴鈴琅。

靜抽完了手上的菸，試著點燃第二根，怎麼都點不燃。

她知道，月季前年辛苦的拿到了學士學歷，現在正在念空大。誰都覺得奇怪，年紀老大的她，何苦這麼辛勞。

靜仰頭倚在牆上。

曾經那麼的愛他，就因爲愛他，所以忍耐他一再的出走和背叛，不停的不停的，用夜裡的眼淚和心痛，等待他累了以後的回頭。

一而再，再而三。

無聲的，喊和哭叫，所有美好回憶就像詛咒一般，重重疊疊的環繞糾纏。

原來是這樣……一定是這樣……

「學姊？怎了？大家都散了勒……」

靜用雙手抱著自己，「打火機壞了。」

彥剛覺得奇怪，接過來，火光一閃。靜靠過去點了菸，菸頭的紅光不停的抖動著。

她將兩千塊塞到彥剛手裡，「月季唱歌的錢，我的明天給你。」

匆匆的，像是逃離似的跑下樓梯。

覺得不對的彥剛衝了下去，正好靜一個踉蹌。

「學姊！」趕緊抓住她，靜也緊緊的抓住他的右臂。

「手臂借一下。眼睛不要看我。」彥剛看到靜垂下頭髮的臉上一線閃光。

「不要看！再看把你眼睛挖出來！」靜少有的，情感激動起來。

彥剛將頭轉過去，把左手按在學姊的手上。

誰都不愛我，我也……

抱緊彥剛的手，靜的淚水，滲進了彥剛初冬的長袖上。

相親

月季被欽點到南部負責會計部門和人事部門的成立，在公司引起如潮的竊竊私語。

尤其是女同事。靜相信女人造謠時的嘴臉，跟男人搶骨頭時的猙獰不相上下。

反正從人事經理到亞洲總裁，全部都和月季有一腿。生動得像是她們就躲在月季床底下一般。

靜是很不想聽下去，但是她正躲在太平門抽菸，太平門旁邊就是茶水間。正是那群三姑六婆最喜歡的聚會地點。

她無奈的呼出最後一口煙，按熄菸頭，正想離開時，和企劃的意雲碰了個正著。

「唷，不是楊靜嗎？躲在樓梯口幹嘛？」

「抽菸。」靜只想跟這個ＩＢＭ距離拉大點。

「哼。不曉得彥剛學長迷上妳哪點，還是說，年紀大的女人功夫了得？」

這算人話？要不是看在彥剛的份上，她倒想給意雲點教訓。

算了，白爛不算是人。說的話也用不著計較。

其他女同事站得遠遠的看笑話。

「妳喜歡彥剛？那對他下功夫去。不用羨慕別的女人功夫了得，小妹妹。」

意雲的臉一下於漲紅了，「妳這變態的老處女……胡說八道……」若不是被旁邊的人拉住了，早就衝了上來。

「眞熱鬧啊……聊什麼？」彥剛從辦公室出來，笑咪咪的。

這種場合眞是無聊。靜轉身要離去，「學姊！等等！我們一起吃飯吧！快午休了……」彥剛笑嘻嘻的攙著靜的手，一起下樓梯。

「如果眼光有殺傷力，現在我身上早就十個八個大洞了。」靜覺得頭痛了起來，「學弟，別害我。」

「不要這樣。看在我是你學弟的份上，當當學弟的盾牌嘛！今天我請妳吃飯啦。」

「別把我當煙幕彈！」靜大大的喝了口水，「我在公司已經夠沒人緣了。不用你火上加油。」

「學姊……我拿妳當煙幕彈也是不得已的……我不希望因爲我是最有身價的單身漢所以被應召咩。而且，我心裡……還是無法忘懷……」

彥剛沉默了下來，靜覺得自己被打敗了。

「我要羊小排。學弟，你要吃啥？」

「有沒有人肉排？」

「學弟……你欠扁嗎？」

吃人嘴軟，拿人手短。其實，搭人家便車，氣勢也弱了很多。

幸好週末週日不用跟那群女人周旋。靜安詳的沉眠到下午，才懶洋洋的起來泡麵。

「學姊！學姊！」安靜日子又泡湯了……

靜拉開大門，「我家有電鈴，不用踹門。」

「不好了！我娘要我去相親！」

「去啊。」靜把門關起來。

「學姊～不要這樣無情啦～」

最後靜還是捱不住他的要求，答應當他一天的女友，去見他的父母。

彥剛的父親還好，只會傻笑，但是他的母親眼睛銳利得像老鷹。

「楊小姐，多吃點，妳看起來身子骨不大實在啊。」

「天生瘦，沒辦法。」

「骨盆太小的女人不好生孩子。」

「每天也有骨盆大的難產。」靜回了回去，急得彥剛在桌子下輕踢學姊，被靜狠狠地踢回去。

「楊小姐腳不大方便？可惜長得這樣清秀。天殘地缺，人總是很難十全十美的。」

「伯母誇獎了。台灣交通亂，不小心就遭殃了。復健個幾年會好的。」

一頓飯，彥剛只覺得滿頭大汗。

吃完了，她和母親對望。這下彥剛爲難了。若眞是他的女友，應該起來幫忙收碗筷洗碗的。但是學姊……

靜靜靜的微笑，無懼的看著他的母親。她沒有動手收碗筷的意思。

他的母親也微微一笑，「應芬，」母親喚著家裡的小女兒，「收收碗筷，洗洗碗。媽今天要陪客人，沒空。」

靜微微傾身致意，站起來。

坐在客廳裡，母親開始盤問靜學姊的祖宗十八代。學姊只是笑咪咪的簡單扼要的回答。

「聽說妳比彥剛大？」咦？媽媽怎知道？該不會……他想到住在附近的意雲。

「大了六、七個月。」

「女人青春有限，六、七個月也是很長的距離。」

「是嗎？聽說賢伉儷也相差十來個寒暑，靜很羨慕，也很希望仿效呢。」

好容易脫了身，靜累得差點在車子裡睡著。

「下不爲例。」靜鐵青著臉。

「是是是……」

累慘了……彥剛往床上一躺。希望老媽別再動相親的念頭了……

朦朦朧朧的，聽到電話鈴響。

「喂？」他迷迷糊糊的應著。

「兒子啊，這次找來代打的不錯喔，媽很中意。想辦法把她從代打變成正式吧！」

啊？

沒等他回答，媽媽就掛了電話。

兩個女人都睡得很好，但是彥剛卻失眠了一整夜。

旅行

彥剛的她因母病返國，彥剛也馬上請假，把握難得的相聚時光。

靜也就難得的有了單獨的光陰。

撇開意雲的冷嘲熱諷，靜其實過得還不錯。不用等人開會，也不用趕著上班，在家看書的時候，也不用怕人打擾。

但是她發現，那種陰鬱的情緒，像苔蘚一般，緩緩的爬上來。

這讓她覺得非常討厭。

這樣不由自主的，想念著和他交往了八年的男人，這種丟臉，是不能夠說出口的。

他曾經很好，他們曾經很相愛，而且，他也曾經只屬於靜一個人。那段日子是不會回來了。也不會再有任何人如此的愛我或讓我愛他。

靜沒有哭，只是靜靜的抽著菸。

過去了。

她開始在家裡坐不住，跟大哥借了車，開始跑淡金公路。這次她沒有發瘋的去壓車。萬一真的出了事情，對人家砂石車的司機怎過意得去？

靜只是想要讓狂風吹散心裡的雲而已。飆得太過頭，一時興起，飆到宜蘭才休息，打電話回去請假，在旅社裡睡了一夜。

出來正準備要上車，一個男人坐在她的機車上微笑。

「嗨。」

靜回頭看看後面，確定他叫的是自己，她也懶懶的說了聲嗨。

「不過，先生，你正坐在我的機車上。」

「我知道，昨天我在北宜公路追了妳一夜，早把車子的號碼背了個滾瓜爛熟了。」

靜想了下，是了，昨夜是有部機車和她糾纏了大半個北宜公路。

「哦？」

「請妳吃早餐，好嗎？」他笑得眼睛瞇起來，眼角有點兒紋路，那種鬢角飄霜的銀狼。

「我不習慣吃早餐。」靜微微一笑，發動了車子。

靜決定往下跑過蘇花公路，不知名的男子也尾隨著。

很有默契的一起往花蓮方向挺進。一邊是山，一邊是海，豔藍的大海不住的伸展著，發出沙沙的聲音。

萬里無雲，初冬的陽光照在身上還是會痛的。沿著銀帶般的蘇花公路，互相糾纏競爭嬉戲的往前狂奔。

這個時刻，靜是快樂的，沒有憂慮的。就像十九歲的日子重現，尚有無限可能和憧憬的那時刻。

一直到了花蓮，夜幕低垂，疲勞的靜在陌生的都市裡，車聲人聲照樣喧囂。

「我姓林，林劍紅。」他一面說著，一面淩空比劃著。

看懂了名字，靜笑出聲音，「非常武俠的名字。」

「是啊，害我從小被笑到大。」他笑著，一面抽著他的維珍妮。

靜吐出一口煙，兩個人一起站在陸橋上，俯瞰花蓮市的車水馬龍。

「我姓楊，單名一個靜。」

「的確很靜。」劍紅笑了笑。

靜只是抽著菸。

默默的逛逛夜市，默默的看所謂的花東寶石，最後靜買下了一塊菊花石，卻是劍紅付的錢。

「我自己會付。」靜皺了皺眉。

「我倒沒有別的意思。只是希望替這趟快樂的旅程，劃下一個美好的頓號而已。」

「頓號？」

「頓號。下回再出來一起旅行？」劍紅笑了笑，買下另一個類似的菊花石。

靜看著這個不多言的男人，覺得……也不錯。

「好，如果我有空的話。」

靜和他交換了手機的號碼。

「爲什麼不找嫂夫人出來旅行？」靜瞥見他中指一圈剛拿下戒指的白痕。

「失去她了。剛離婚。」美侖海堤的浪潮像嗚咽。

「小朋友呢？」靜深深的吸了口菸，徐徐吐出來。

「還沒有小朋友。我們結婚剛好滿兩年。」

靜沒有說話，海邊的風聲像是打著忽哨，響著。只剩一線月牙，有氣無力的從海面上升起。

「她的名字叫作月。所以每次看到月亮，我都覺得有點感傷……」靜看著劍紅突然窒住，然後大顆的淚珠從他的臉上滾落。

劍紅自己也大吃了一驚，沒料到離婚將近半年了，自己一直覺得復原得差不多了，居然在個陌生女子的面前落淚。心裡的痛楚……居然……

如故。

靜只把面紙遞給他。還是抽著自己的菸。

「丟臉。」他喃喃自語。

「不會。留兩張面紙給我。」聲音平常的靜，臉上也掛著銀光。

靜靜的聽著浪潮，然後返回住宿的旅社。「晚安……」靜將手插在口袋，緩緩的走向自己的房間，劍紅突然抓住她「靜。今晚……」他的眼睛有著一種渴求。

「我不喜歡那種事，倒不是討厭你。你也不是很想找我做什麼，只是今晚你很脆弱。」靜用拿著菸的手，拍拍他。

回房。

天亮，劍紅一直欲言又止。騎回台北的路上，他只是默默的跟隨，不像是來的路上，不停的想超越。

夜宿宜蘭，復歸台北。

臨別，劍紅叫住靜，「希望妳瞭解……我只是……只是……我還是喜歡跟靜一起旅行。」

「是啊，所以，下次，我們再一起旅行吧。」靜坐在機車上，對著他微笑。

他鬆了一口氣，露出微笑，「好，一定。」

「一定。」靜揮了揮手，絕塵而去。

上班時，被氣急敗壞的學弟抓著，「學姊！妳居然曠職三天！」

「我哪有？我有打電話回來請假。」

「去了哪？我聽大哥說，妳騎了他的豪爽……去了花蓮?!」

「對。花蓮薯。」靜把那包花蓮薯按在他的臉上。

「學姊！」

進了辦公室，發現自己的桌子讓束鮮花佔據了半個。

誰的花放錯桌子了？她看了上面的卡片。

無法遺忘雄壯美麗海邊的夜晚，期待下次的旅行。　劍紅

遠遠的一堆女同事竊竊私語。

「夜晚？海邊？愛慕者？」學弟看卡片，似笑非笑的。

後來靜才發現，劍紅的辦公室，就在隔壁的大樓，更不巧的是，靜公司一半以上的廣告預算，都投注在劍紅的公司裡。

我身邊的男人，只會替我製造不必要的敵意而已。
對著身邊無止境的流言，靜也只能抽抽菸。

追求

今天是姬百合。還是這麼大一把，眞是非常非常的浪費。

靜看著佔據了大半個桌子的花束，歎口氣，將花挪到第二會議室去。

「唷，靜。果然成熟有魅力的女人不同凡響哪。連那個林劍紅都是你裙下之臣？彥剛學長啥都不說？好肚量哪。」意雲正好開完會，尖酸刻薄的話嘩啦啦的倒個不停。

靜正眼也沒瞧她，走進會議室把花插進花瓶裡。

「好招搖，好威風哪。」意雲只顧說著，冷不防靜朝著她筆直走過來，她又緊張又興奮的蓄勢待發。

「朱主任！對不起，你們部門新進人員的薪資表……」靜跟站在意雲緊鄰的朱主任討論了一會兒，連眼睛都沒抬。

討論完了，靜轉身，眼光一點都沒停留在意雲身上，筆直的走出去，好像意雲只是一個雕像似的。

「妳給我回來！混蛋！踐什麼踐？妳這個低級的小會計！妳給我回來～那是什麼態度～」

靜輕輕的歎了口氣。忒笨了，這樣人家只當妳唐意雲是神經病。

忍不住，掩著口，笑出聲音。

「好壞喔～故意走樓梯間，可以偷笑。」彥剛站在四樓樓梯間的轉角等著，取笑她。

「學弟，你還好意思說話？」她板起臉來，「管管你自己的學妹。」

彥剛舉起手來翻白眼。「夠了。」

「我才該說夠了！」靜罵他，「莫名其妙的給我增加敵人，吃不到羊肉，惹了一身騷。」

「想吃我這上等羊肉？可以啊。學姊說一聲吧，看是要手要腳，哼都不哼一聲。」

「中心椿吧。」靜走到三樓，抬頭對他不懷好意的一笑。

「中心椿？」靜默了一下，「學姊～妳太狠了～」靜一路笑到會計室。

接起電話，聲音滿滿的都是笑意。

「收到花這麼高興？」劍紅在話筒那頭含笑著。

「不，我寧可折合成香菸。」靜笑笑答他。

第二天真的收到一綑金字塔似的維珍妮。

「收到菸高興嗎？」劍紅在話筒這邊問。

「我只抽三五，不抽那種娘兒們的菸。」靜回他。
「那種『娘兒們』的菸，我正在抽。」
第三天收到一大綑的三五牌。
她伏案大笑。
「學姊，妳改行走私香菸？」靜賞學弟老大一個爆栗。
雖然很高興……但是這樣下去不行。
「明天新部門有開幕酒會，對不對？」靜問彥剛，「可以帶我去嗎？」
「可以啊。但是學姊，妳不是最討厭那種場合？」
靜歎了口氣。
穿得美美的，端杯酒走來走去，是天下最無聊的事情。但是她知道，新部門不僅僅是廣告包給劍紅的公司，連公關也是。就算她不想知道，意雲的冷嘲熱諷還是拚命把這些情報灌到她耳朵裡。
負責案子的，就是劍紅。
她守禮的將手輕輕搭在學弟的臂彎，跟著他站到腳傷幾乎復發。
「白鶴，開始織布吧。」靜突然手一緊，彥剛順著她的眼光看見一個黝黑的男子走過來。
「織布？妳當我白鶴報恩哪？林劍紅？」彥剛和他對了一眼。的確比學姊前面那個破爛男人好多了。

「別忘了我幫你相親的事情。」靜低低的跟他說，添了彥剛一重煩惱。他母親天天打電話給他，叫他帶靜回來吃飯。

哎哎……

劍紅看著靜和彥剛親暱的咬著耳朵，心下有點異樣。傳說是眞的？但是他還是鎭定的上前打招呼。

聊了聊，急急的，新部門的主管突然請彥剛過去，他告了罪，擔心的看了學姊一眼，跟著走了。

「聽說貴公司的青年才俊是靜的學弟？」劍紅含笑的問靜，靜笑了笑。「我也聽說，他的女友，在國外念書，是嗎？」

靜斂了笑容，看著他。

「知己知彼，百戰百勝。」他沒讓靜冰封般的眼神嚇到，悠然的笑笑。

「既然他不是你的男友……那……我還有機會嗎？」劍紅乾脆單刀直入。

「沒有。」靜轉身要離開會場。

「靜！」他一把抓住楊靜，楊靜只揚了揚眼睛看他，不知怎地，讓那種鎭靜給震懾住，鬆了手。

呼出一口氣，「劍紅，我不太喜歡人家探聽隱私。」

他乖乖的點頭。

「沒錯，那是學弟而已。但是我沒打算談戀愛，所以拿他出來當擋箭牌。」

「靜，我也受過傷。」

靜的眼神很遙遠，這種遙遠的眼神……讓劍紅心生愛憐。

「我只是不喜歡這種愛情的輪迴而已，周而復始的成住壞空。劍紅，你很好。但是因為太好了……所以當一輩子的朋友吧。」

我捱不住這種輪迴。而且……我所有的愛情都消耗殆盡了，只剩下一個空空溫柔的殼子。

半披在胸前的長髮，她得時時撥到後面。瘦得可憐的楊靜，穿著全黑的洋裝，只有胸口別了朵紗花，顯得皮膚更蒼白，更瘦。

這樣嬌弱樣的女子，卻敢孤身騎輛重型機車從台北到花蓮。

劍紅心裡思潮洶湧。

「一輩子的朋友。」劍紅說。

靜終於笑了。劍紅彎起左臂，靜守禮的輕輕搭著他。

彥剛把出毛病的系統修復後，回到會場，正好劍紅挽著靜。

學姊淪陷了？他其實不錯……林劍紅。
但是他的心裡，卻起了一陣異樣。

＊＊＊

站了一晚，加上前些時候不知死活的旅行，讓好不容易收了口的腳傷又復發了。新肉又綻了口，透明的體液流出來，靜連站著都很吃力。
她沒請假，每天學弟來扶她上班下班的。
痛，很容易疲倦。她總是草草的洗過了澡，早早的上床去睡。
這天，她八點不到就睡了，迷迷糊糊聽到電鈴聲，一開門，竟是劍紅。
「睡了？」他有點訝異。
「嗯。腳痛。」靜還迷糊著。
「想找你去兜兜風。」
「改天吧。」
「我不會讓妳下地的。」劍紅繼續遊說著，「整天睡覺不悶嗎？騎機車去吹吹風，我們去陽明山看夜景。」

已經有點兒冷了，但是這種晚秋，正適合夜遊。

「我去穿件外套。」靜隨便拉了件皮外套出來，正好彥剛下樓。

「學姊？去哪？腳痛還到處亂跑！」

劍紅代她回答，「我們去陽明山看夜景。」

彥剛沉默了會兒，「我也去。」

換劍紅沉默，「騎機車。難道你要三貼？」

誰要跟你三貼？「不，我開車。」

靜有點懊悔答應出去兜風了。

但是這一點點不愉快，在狂風吹襲下，很快就被打散了。靜看著路燈因高速而模糊成閃亮的線條，迷醉。

劍紅原本怕靜拉著後面扶手會摔出去，沒想到靜緊緊的抱住他的腰，兩個人很有默契的穩著車的重心，像一隻箭般飛射。

彥剛也靈巧的開著車，尾隨著他們。

交纏。忽焉在前，忽焉在後。順著銀帶般的馬路前行。

停下來，整個台北市都在他們腳邊。籠著沉沉的黃霧，燈火輝煌若寶石閃閃。

彥剛也下車來，幫著劍紅把車架起，讓靜安然的坐在機車上。

倚著機車，三個人一起望著閃閃五顏六色的都城出神。

「想喝酒。」靜對彥剛說。

「腳痛的人喝什麼酒？」彥剛一口就回絕。

「啤酒，可以幫助傷口快速復原。」

看靜說得這麼斬釘截鐵，彥剛突然有點猶豫。搔搔頭，還是乖乖開車去買。

「眞的？」等彥剛走遠了，劍紅問。

「假的。」靜點了菸。

劍紅笑了。「學弟和妳的感情很好。但是，總有天，他要成家，妳還是孤孤單單的一個。」

「我們生是孤單的來，死要孤單的走。這是常態。人本來就是孤單的。」徐徐的呼出一口煙，靜望著天空。

「如果是我，不會讓妳孤單。」

「我還是會孤單，生死誰也替不得誰。」

又被拒絕了。劍紅的臉退回孤絕。

「結婚說不定是兩個人一起孤單。又何必？不如當一生的朋友。即使你結了婚，我還是你的朋友，若不怕尊夫人誤會，大可找我來看夜景。若我們結了婚，你得屬於我，我得屬於你，彼此綁著，何必坐這牢籠？」

靜對他笑笑。

慘白的臉孔，惹眼的兩條細細的黑眉毛。他就喜歡靜的那種漠然。

「還是朋友吧？」劍紅拿出他的維珍妮。

「當然。明年暑假，我們去花東追豐年祭，我把整個月的年假請出來。」

劍紅高興了點，「騎機車？」

「是。我不喜歡開著車。」

幾百人一頓足，大地為之震動。幾百人一張口，聲音可以撼搖心扉。

「今年我去了，我答應我的阿美朋友，明年還要去跳『哈嗨』，喝小米酒。」

「今年？妳也自己去嗎？」

剛剛失戀，不認識學弟。孤身到花東漫遊。孤獨是好的，這樣喝醉了，忘形的哭倒在地，也沒有人覺得異常。

靜只是抽菸。

彥剛將啤酒遞給學姊，扔了一罐給劍紅。三個人喝著酒，望著天空。沒有流星雨，但是繁華都城嵌滿閃爍華燈。

恍若星子墮落紅塵，仍閃耀著希望和溫柔。

就在他們腳邊閃爍。

❄ ❄ ❄

送學姊回去睡，彥剛將劍紅送下樓。

「你若讓學姊傷心，我不會饒你。」彥剛開了口。

「她不給追。」劍紅直視著彥剛的眼睛，「我會等。就怕有人近水樓臺。」彥剛開始討厭他了。

「滾吧。」

劍紅看著忿忿關上的鐵門，將手插在口袋裡。

笑。

不棄不離

靜正爲了不平衡的報表傷神時，意雲風一樣撲進會計室，對她沒頭沒腦嚷了起來。「妳爲什麼不阻止他？爲什麼？該說話的時候不說話……妳是死人哪！」

什麼？靜愣了一下。

意雲滿臉是淚，夾雜不清的說，彥剛已經遞辭呈了。

爲什麼？剛剛升任全公司最年輕的副理……

靜想了下。「哭管什麼用？腿在他身上，就算抱著他大腿也不成。」意雲氣得漲紅了臉哇哇叫，靜把她趕了去洗臉。

轉頭就要撥內線，還沒接通，彥剛緩緩的踱進來，頹然的坐在小沙發上。

「學姊，可是打給我？」彥剛笑了一下，苦澀的。

「怎了？」

「我想遠芳。」他將臉埋在掌心，「爲什麼我不去？這裡有什麼好眷戀的？她不能在台灣，我不能去美國麼？去了美國，她的家人又管不到，我爲了工作，竟要棄了她？」

「你有今天，不容易的。」

「我和遠芳……分離一年了……這一年，我只見了她兩次。我受不了了……漸漸漸漸……我開始忘了遠芳的長相……我受不了這個。我受不了還愛她這麼深的時候……居然將她忘了！沒什麼不能拋的！」

他重重的往椅背一靠，「如果是爲了遠芳……」也對。「我們去抽根菸。」

靜靜的在樓梯間抽菸。靜看著憔悴的學弟，心裡很是蕭索。命理之說，原屬無稽，但是這居然成了家長拆散他們倆的理由。

「去做你要做的事情吧。但是不要把工作辭了。」靜彈了彈菸灰，「去看看她，讓彼此安個心。回來把你的事情做好。我認識的彥剛學弟，不會半途而廢。」

他靜默了一會兒，溫馴的點點頭。

公司退了彥剛的辭呈，批准一個月的假。彥剛匆匆的啓程。

劍紅知道了這個事情，心裡不知怎地高興了起來：換他天天的接送靜，怕她發悶，還這裡那裡的帶她開心。

但是靜的態度卻一直安然，似乎彥剛的去留她不關心似的。

後來劍紅發現，他錯了。

他正窩在靜的客廳喝茶時，聽到電鈴聲，靜去開門，一身雨水的彥剛，一看見靜，把她抱個滿懷。

「你做什麼！」劍紅喝道。

靜卻對他怒目而視。

哪裡還待得下去，他抓起外套出去。

靜沒留他。因爲抱緊她的學弟，正無聲的啜泣。

靜也沒問彥剛。等他願意放開靜的時候，靜只拿了浴巾來，幫彥剛擦去一臉的雨水，替他到樓上找了替換的衣服，催他去洗澡。趁他洗澡的空檔，下了一碗麵。

彥剛本來搖頭不願意吃，靜柔聲勸著他，「就算爲學姊好了，你總不能讓我這樣擔心。」

他和著鼻酸的感覺吃著麵。靜一邊幫他擦著沒有乾的頭髮。

吃完了麵，他斷斷續續的說了遠芳的事情。

遠芳和他，相愛如故。在遠芳小小的房間裡，兩個人親密的住在一起。

「我是打算不回來了。」他悲酸的說著。

事實上，他也把工作找好了，就等給這邊跨海寫辭職信。

這個時候，遠芳的祖父中風了。

遠芳和他連夜趕回來，遠芳的父親大罵他，「就因爲你跟遠芳一起，所以我父才中風……到底要給我家帶來多少災難，難道等遠芳死在你手，才要罷休嗎？」

遠芳哭著跑出家門，又讓機車給撞了。雖是輕傷，但是遠芳的父母乾脆禁了女兒的足。

彥剛又痛哭了起來。這一夜，等彥剛哭累睡去，靜守著他，靜靜的抽著菸。

「命裡註定麼？」頹唐數日的彥剛，苦苦的笑著。

過了兩個禮拜，輾轉得知，遠芳又出了國，這次不回原來的學校，但是到了哪裡去，連遠芳自己臨上機前都不知道。

空留一條沾滿淚的手帕給彥剛。

瞪著手帕發呆又發呆，魂魄像是跟著遠芳走了。

白天工作一切如常。但是靜卻覺得，學弟已經沒了人的情感，像是機器一樣。

他連靜的家都不去了。下了班，回到自己屋裡發呆，晚飯還是靜強迫的送過去，看著他吞下去才勉強吃的。

遠芳，妳會在哪？

坐在電腦前面，靜思考著。連e-mail都沒有給學弟……這事情蹊蹺。

靜有個個人板，寫作了幾年，也累積了點名聲。呼風喚雨太誇張了，但是她在華文的網路上，還是有一定的人脈。

她開始將彥剛和遠芳的故事寫出來，誠懇的貼了尋人啓事。

遠芳，若是妳看了信，請給我們一點訊息，彥剛的靈魂隨妳而去，我恐他的軀體，也將支離。

若是有人識得剛從加大轉學的遠芳，請轉告她，彥剛，非常想念妳。

甚至貼到連線版去。

隔兩天，劍紅來他們公司開會，靜悄悄的叫住了開完會的劍紅。

「聽說，你的英文造詣很高超。」

「哪裡，何不找你學弟？他的英文高過我不知數倍。」劍紅猶有餘怒。

靜默默的將她寫的「尋人啓事」給了劍紅。等劍紅看完了，簡單的交代了他們間的故事。

劍紅默然許久，「我能幫什麼忙？」

「請幫我翻譯成英文，發到news group去。」

「靜，妳這是何苦？妳這麼愛彥剛？爲他到這種地步？」劍紅忍不住不平。

靜睜圓了眼睛，笑了出來。「我？愛學弟？」她掏出自己銀質菸盒，點了菸。

「從某個角度來說，我疼愛他，和他相伴。但是，這和愛情不同。」她的眼光因煙霧遙遠，「我的愛情只得一個香水瓶子那麼多，在初戀就消耗殆盡了。不，我不會愛上任何人。但是……」

她笑了起來，眼神清澈。「我會盡我一切力量，做到學弟想做而我能做的事情。因爲對我而言，他是我很重要的人。」

掠掠極長的頭髮，「義氣不是只存在男性之間。要知道，女人家的字典裡，這兩字的比重甚重，不可輕視我們。」

她轉身要走，劍紅叫住她，「或許你不知道，我還懂德文和義大利文，法文雖不太流利，但是勉強還能應付。」

靜感動起來，「謝謝。」輕輕按了按劍紅的手。

一個月過去了。彥剛頹唐的跡象沒有一絲好轉。靜日日到他跟前送飯，雖然事事溫順，但是彥剛的生命力也一點一滴在流失。

妳會在哪？遠芳……妳可是遺忘？

「到了終了，只剩學姊在我身旁。」彥剛笑著，還是又紅了眼眶。

靜輕輕拍拍他的頭。

「別離開我。」他將臉埋在掌中。

「我在。」靜回答。彥剛握緊她的手。

急急的拍門聲，靜去開門。

「在德國！」劍紅興奮的吼著，將手裡的紙揚著。

「遠芳？德國？遠芳沒有修過德文……」彥剛奪去劍紅手裡印表機印出來的e-mail，一面看著，一面淚如泉湧。

遠芳被父母押著，遠赴德國念書。完全不懂德文，一切重頭學習。通訊錄和電腦都被棄在美國，德文的電腦，她還不會用。

以淚洗面了一個多月，若不是靜的佈告讓同學看到了，回信給劍紅，他們倆大約就這樣煎熬下去。

跨國電話雖貴，但是彥剛一點也不覺得。

輕輕呼出一口氣，靜下樓，劍紅悄悄隨著。

「謝謝你做的一切，真的，我欠你一個人情。」靜誠懇的對他說。

「不客氣。」他輕輕摸摸靜的頭，「比不上妳做的。」

靜露出溫柔的笑容。罕有的溫柔。

是的，不用謝我。劍紅站在人行道，抬頭看著靜的窗戶。我是爲了自己。

不想看見妳的眼光，總是關懷著學弟。如此而已，如此而已。

醉酒

睡到半夜，劍紅渴了起來，迷迷糊糊的轉身，身邊居然有人在呻吟。

定睛一看，居然是彥剛。

他差點跳了起來，沒想到一起身，排山倒海的嘔吐感湧了上來，只聽靜厲聲說，「這裡！」劍紅只見靜端著個臉盆，他也準確的吐在裡頭。

嘔心掏肺的吐了半天，靜只是看著他吐，一邊輕輕拍著他的背，一邊手指還夾著菸。然後遞水、清臉盆、用毛巾幫他擦臉。

「我不要跟他睡一起。」劍紅指著彥剛。

「他剛剛也這麼說。讓人照顧的人，不要挑東揀西的。」靜把菸彈了彈，又回地鋪躺著。

「靜，這是哪？我怎會在這？」劍紅覺得腦子蒙著一層霧。

「我家。」她轉過臉來，無可奈何的，「慶功宴也不用這麼高興吧？拚酒這麼好玩？拚到倒在湯裡面？你知不知道會溺死？」

呵……他想起來了。

昨天是靜公司新產品的慶功宴。因為出色的廣告和行銷，使得初涉足3C通路的新產品，居然引起搶購的風潮。

興奮的高層策劃了這次的慶功宴，結果劍紅和彥剛都被邀請了。

靜被彥剛拖了去，劍紅就看不慣彥剛拿靜當擋箭牌。

後來呢？因為討厭彥剛……後來呢？

「後來我只好開車把你們倆拖回來。誰讓你們不是女人？」靜搖了搖頭，起身拿了菸灰缸，「讓腳不方便的人，拖你們這兩個大漢回家，真的很不人道，你不覺得？」

「妳一個人拖我們兩個回家？」劍紅開始覺得頭痛。

「當然，整個宴會倒的倒，沒倒的不夠分配。只好抓著你們回家。幸好還會上廁所，沒有在電線桿抬腳……」

「啊～上……上……上廁所……」劍紅的臉刷的一下紅了起來。

「我不抓著你的後背行嗎？你們會栽進馬桶裡的。」

什……什麼？

「妳……妳……妳……」不會吧？她還看著他們上廁所？

「別緊張，你又不是處女，我也沒偷看。就算看了，我也不會說出去，怕啥？」

天啊～這不是重點吧？超丟臉的……

沉默了很久，空氣彌漫著酒氣和嘔吐後的味道。

還有靜濃濃的三五的煙霧嫋嫋。

「謝謝，靜。」劍紅看著靜的背，「我可以過去跟妳一起打地鋪嗎？」靜抄起一本書丟過去，正中目標。

「靜，我不要跟這個半調子躺在一起，」劍紅咕噥著，「我是眞心的愛妳，才不像這個爛人，只會利用妳來擋著。」

「不要說學弟的壞話，」靜皺起眉毛，「我也不許他說你的壞話。你們幹嘛？互相這樣說小話，活像仇人似的。」

「我說的是事實。他心裡既然只有遠芳，那就別來黏著妳。活像會嫉妒的弟弟一樣。」拚命的阻撓他約靜出去。

靜笑了起來，坐起身，又燃了一根菸。

「靜，我眞的愛妳。」劍紅直直的望著她。

靜撩起那頭長髮，露出為難的神情，微笑。「劍紅，我無法再承受愛情的成住壞空。我的愛情……已經揮霍完了，沒有了。」

「我等。」

靜搖搖頭，「不用等了，劍紅。我什麼都不能給，不管是婚姻、子女，還是單純愛情裡的性，我都不能給。」她的眼光遙遠，「我不像我的姊姊……願意無止盡的施捨……我不能。」

「姊姊？靜？妳不是獨生女？」

靜笑了起來，爲了她，劍紅的確下了功夫。

「同父異母的姊姊。在我父親婚前，她的母親懷孕後就消失了。等她的母親過世了，才由姊姊的外祖母上門告訴我父親。你說不定知道她。就算不玩ＢＢＳ，也應該看過她的書。」她指了指扔到劍紅臉上的書。

一看，劍紅吃了一驚，那是某個專出小本Ａ書的出版社的當紅作品，作者的名字很奇特：人工美女。

「她也是ＢＢＳ上的網路女王喔。專長是一夜情。」

他怔住了。

「眞的？」

「嗯。我見過她的次數雖不多……但是，我很喜歡她。」

是的，她見過她的姊姊。在她小三的時候，五年級的姊姊，跑過操場，興奮的看著她，「妳……我是姊姊……妹妹……我是姊姊……」抱緊靜。

靜沒有掙扎，迷惘的覺得安心。她的母親聽說了這件事情，輕輕的歎了口氣，告訴靜，對的，那是姊姊，要叫姊姊。

短短的相處了幾個月，姊姊轉了學，最後一次見到姊姊，只記得她的眼淚。

再次見到姊姊，是母親的喪禮。穿著黑衣服的姊姊，容顏悲戚的來，跟靜的母親上了香，告訴靜，「大媽對我，一直都很關心。」原本捱著不肯哭的靜，哭倒在姊姊的懷裡。

姊姊的懷裡有母親的香味。

那時的姊姊已經十九歲了，出落得像是初開的梔子花，看見陌生男人會臉紅，羞澀的少女容顏。

那時已經有人陪在她身邊了，靜記得這個穩重又疼愛姊姊的男生，不時的握著落淚姊姊的手。

然後幾年，靜接到姊姊的喜帖，看見她盛開如芙蓉，在婚宴上。彼時她和正旭正熱戀……

空氣那麼清新，太陽那麼豔麗，晴空鑲著銀白的雲，相愛的人，濃烈似酒。

那個男生吻了臉粉紅著的姊姊，美麗的新娘。

我們以爲日子會繼續，這種甜蜜的光芒不會消失。

大學畢業那一年，又見到了姊姊。在醫院，手上纏著繃帶，那個她叫姊夫的人，在病房外高聲叫嚷，姊姊在雪白的病床上流淚，麻醉未退，她還沒清醒。

靜抱著害怕而哭泣的外甥，哄著。想到正旭的再三出軌，靜也隨之落淚。

未久，姊姊離婚，也失去一切。比方說，婚姻、孩子、健康，和愛情。

姊姊就此消失了蹤影，沒有了消息。直到那次的網聚。看見了她……靜的菸掉到地上。

「姊姊。」雖然說，她的外貌翻天覆地的改變了。

姊姊相當驚訝，「小靜。妳怎認得出我來？」

「因爲妳是我姊姊。」

高挑、雪白，美麗的容顏，苗條的身段。「這些都是整型的後果。」姊姊不在乎的笑著，那種笑容自由而放浪。

然後靜知道了人工美女就是姊姊。

「我知道人工美女。」劍紅沉吟了一會兒。誰不認得她呢？放浪形骸的妖豔美女，全身整型，專門寫色情小說的惡女，她的傳說說不清。

「靜……」靜一定尷尬而爲難吧？

「我還是跟第一次見到姊姊時，一樣的喜歡喔……」靜恬靜的笑笑，「不管她是平凡還是美麗，羞澀還是放蕩……我想，我都如此……」

而且，姊姊走出自己的路來，這也沒有什麼不好。如果墮落進魔道讓她愉快，爲什麼不？

「只是我做不到而已。」靜撥撥額頭的頭髮，「我沒法子像姊姊，用性來嘲笑愛情，報復男性，和報復自己的愚昧……但是，這沒有對錯。」

靜靜看著燃著的菸。

「我……討厭性。這東西會破壞一切的情感。我知道，姊姊也知道。所以她選擇用性毀壞虛僞的諾言……我選擇不碰。」

「不是這樣的……」劍紅坐了起來。

「是這樣。愛情和性……還有婚姻……是謀殺美好的開端。我的父親，有毆妻的惡習。但是媽媽常含淚笑著說，和父親初相識時，他是多麼英俊體貼的男孩子……姊姊偶爾喝醉了，還會提起前夫，想念被他再三呵護的時光……」

靜扶著額，抬頭看著天花板的蕩漾水光，「我和正旭……剛剛相識的時候，他是多麼可愛啊……多麼善良怕我憂傷……」她伏在膝蓋上笑了起來。

「你知道嗎？他要我叫他主人。」

「什麼？」劍紅沒弄懂。

「我們開始有性行爲的時候，他要我叫他主人。我打從心裡荒謬起來，可是沒抗拒過他。不管他多麼變態的姿勢或要求，因爲『愛』這種荒謬的理由，我居然這麼蠢……」

靜笑到肩膀抖動著，頭埋在膝蓋上，劍紅下了床，輕輕的擁著她，卻覺得靜的身體一僵。抬起沒有眼淚的臉望著他，一笑。身體挪遠一點，靠著床頭櫃。

「我喜歡你，劍紅。」靜看著床上睡得不醒人事的彥剛，「我也同樣的喜歡著學弟。因爲現在和你們相處得太愉快了，所以，我絕對不要用那種叫『愛情』、『性』、或是『婚姻』這種枷鎖鍊住你們。」

她按著劍紅的手，「我不要再失去誰。」

是的。我不要再失去。如果，母親沒有和父親結婚，母親會永遠記住那個體貼的男孩；姊姊沒有嫁給姊夫，想起他的時候，姊姊會充滿溫柔，不會從此厭恨所有的男性，也不會自墮魔道。

如果我沒跟正旭熱戀……正旭會是我永遠的可愛的男孩子。

「十年、二十年，我都會在這裡……」靜對著劍紅微笑。「你和彥剛都會循著正常人的道路前進。結婚，生子……但是我不會。我永遠在這裡……你和彥剛可以帶著孩子妻子來。我永遠在。這樣……我才不會失去你們。」

再也不要失去誰。

劍紅默默，突然用力的抓住靜的手。

「不對。我會永遠在妳身邊，我愛妳，我和他們不同。」

誰不是這麼說呢？父親……姊夫……正旭……他們都這麼說過。

靜露出寂寞的笑容。「我相信，你現在是眞心的。」

劍紅爬回床上，「我會證明，我是愛靜的。我若再婚，一定是跟靜。」他面對著靜躺著，「妳以爲，我會自己有妻有子和樂融融，讓妳一個人在這裡孤淒嗎？我跟那個什麼都沒做的笨蛋不同，」他指著彥剛，「我不會這樣的！」

「隨你。」靜背著他睡了。

劍紅酒氣上湧，也昏昏然。模模糊糊的想著，靜，我不會讓妳傷心孤單……因爲……我知道孤單的眼淚，有多麼的苦澀。

誰什麼都沒做？裝睡的彥剛在心裡拚死命的罵劍紅。我也喜歡學姊，也希望她幸福……我才不相信你這個浮誇的飛車黨。

如果不是我先愛上了遠芳，若不是我知道愛情的滋味……我會以爲，我對學姊的情感，就是愛情。

因爲知道不是愛情，因爲知道這種情感稀有，所以珍惜。什麼都不知道……只知道來分享……

林劍紅，你才是笨蛋。

靜靜靜的躺著，從沒拉攏的窗簾看見靜靜窺視著她的月。

靜靜的眼淚婉蜒過她的臉，嘴角卻彎著靜靜的笑容。

冬之月季

靜，高雄即使進入冬季，仍然日日裡有豔陽照耀海面。和台北的苦寒不同。若是妳願意，來高雄住幾天。今年的耶誕節，我和妳，徹夜長談。陰濕的台北沒有任何值得我追憶，除了靜靜妳。

帶著妳的脂豔齋的《紅樓夢》，讓我的朋友過過眼，為了答謝妳千里送書的情誼，親愛的靜，隨信附上機票，我在高雄，等妳。

月季

接到月季的信，臨窗綿綿的雨，一遍遍的切割已經寂寥的夜裡。靜吞吐著煙，去翻那本厚重的線裝《紅樓夢》。

也許雨下得太久了，連長髮都躲著吹不乾的濕氣。也許我該換換地方呼吸。

聽說靜要到高雄度聖誕，彥剛說，「好啊，我去訂機票。」

「沒位子啦。」靜開始整理行李，彥剛坐在她的客廳跟她說話。

「我開車去呀。」

「你也拜託，你不是答應了意雲參加耶誕節的校友會？」靜把隱形眼鏡的道具放進行李。

彥剛呆了一下，「我不要去了！我怎能讓學姊跟那個老色狼單獨旅行！」

老色狼……「你說劍紅嗎？」靜覺得啼笑皆非。

「別鬧了，」靜輕輕敲敲彥剛的頭，「劍紅他們公司今年要出國旅遊。你呢，既然答應了意雲，還是乖乖去吧。趁著連假，也回去住幾天，伯母在抱怨像是丟了兒子。」

老媽？「我媽有妳的電話？」彥剛心裡喊糟糕，媽該不會跟學姊說了什麼吧？

「她總可以打來公司吧？」靜把行李提到客廳。

「幾時走？」彥剛奇怪學姊幹嘛現在把行李提出來，離聖誕還有兩天。

「現在。我請了年假了。」

「現在?!」彥剛的聲音大了起來，「難不成妳要搭計程車?!」

「不行~妳不會要我載嗎？等我一下~我去穿外套~學姊妳搞啥鬼啊~」

「我不想麻煩你……」

「哪來這些廢話~」

上了飛機，霏霏細雨飄著，冷得不停的呼著白氣。但是靜卻笑笑的看著台北，覺得原本的寒冷，除卻不少。

萬呎高空，萬丈紅塵遍佈燈火通明，這城市卻因爲有這些人，所以才能讓靜生活下去。

高雄又是另外的天氣，讓她懷疑，眞的還在台灣？

月季曬黑了。但是這種棕色的皮膚，卻讓她看起來有朝氣。

帶靜回到靠近西子灣的家。只是兩層的古老公寓，裡面的裝潢卻很溫暖。兩個人都不是多話的人，在小小的月季家包著水餃，只有海風和窗外獵獵的被單被吹響，安逸的氣氛塡充著舒適的沉默。

等水餃起了鍋，靜對月季說，「等我們老了，倒可以考慮隔鄰而居。」

月季笑了，「是好，但是我受不了令學弟的吵。偏偏他也只吵妳。」

靜也笑了。

吃了飯，小睡了一下，靜被夕陽吵醒，月季面對著她，還在沉眠。隔著窗簾，夕陽像是大朵的向日葵，窺看著她們。不用趕著觀光，就是這樣，安然的休息。是的，我在渡假。滿意的歎口氣，靜又在和室的地板上，和月季，沉沉睡去。晚上，靜見到了月季的「朋友」。

「靜，這是我的朋友，慶平。」

很乾淨的老人家，衣服合著適合的身材，就一個六十多歲的老人來說，他可算是美男子。滿頭銀髮……靜向來欣賞這種含笑著讓歲月老去的style。

他拄著枴杖，含笑看著月季，眼睛盡是深情。那瞬間，靜明白了。她將線裝書輕輕放在他的手上。

他的眼睛亮了起來。坐在小小的茶坊，爐子上的開水輕輕的噗噗響著，靜靜的翻著暈黃的書頁。

月季挨著他坐著，一起看著。

靜泡茶，屋子充滿清香的茉莉。

「可否借慶平回去看一夜？」月季溫和的笑著，這樣安然的神情，是在陰濕的台北都城看不到的。

「這部書已經是慶平先生的了。」靜向著每個人的杯底斟茶。

「不可以……這太貴重了！」慶平吃驚了起來。

「殘本……封面有些破損就是。」

「書本來就是給人看的，若要不破損，索性藏在保險櫃裡。但是書本的存在就沒有意義了。」

「說得好。慶平先生。值得浮一大白。」靜笑著，啜了口茶，「這書是外祖父的。反正我的舅舅們只顧著爭家產，這些古書全當成了垃圾丟。我也沒救到什麼，不過就是幾本書。」
慶平不捨的撫著書，花白的頭髮在暈黃的燈光下發亮。
「還是借吧。過些年，我當完璧歸趙。」他微微一笑。
靜微微頷首，和慶平懇切的談起《紅樓夢》裡的詩和詞。慶平讀紅樓數十年，頗有些見解，和靜奇突無章法的思路頗能擦出火花，談得非常愉快。
夜深沉，慶平漸顯不支。月季將他送回去，小心的扶著他下車，看著他進家門，這才放心帶著靜回去。
「我現在，和慶平一起。」她對靜說。
靜燃起菸，在煙霧後微笑。「看得出來妳的幸福。何須向誰解釋？你們很愉快，不是？」
月季淡淡的笑容，「是。沒想到我今年三十八了，居然小孩子似的戀愛起來……還是個這麼老的老頭，連我自己都疑惑，自己是不是貪圖錢。」
「妳愛他吧？」靜按著好友的手。
「雖然他大我二十有餘。是的，我非常愛他，如同他愛我般。」
總算有人是幸福的。感染著這種氣息，靜莫名的感到愉快。
「今天是他的生日。我想不出什麼好的，只好找妳這本紅樓的活字典來。」

「妳沒先說。妳若說了，我會在脖子上打蝴蝶結的送上門。」

月季笑了起來，和靜面對面的躺在和室裡。

第二天，月季帶著靜到分公司去，寬大的辦公室，可以看到高雄港，她指揮自若的進到公司，俐落的處理公事。

「靜，坐。等等我處理一下，帶妳去旗津走走。」月季走出辦公室，靜坐在電腦前玩接龍。

她相信，那個女士一定踹了門，要不然，聲音不可能這麼大聲。

「夏月季，難怪我爸爸會迷上妳！一點子都看不出快四十的人嘛……妳到哪家醫院拉皮的？」

眞是……「沒想到慶平先生這麼紳士的人，生出這種沒禮貌的女兒。」

聞言，蕭女士暴跳了起來，「妳這種歡場打滾過的女人，老娘見多了！妳想老頭再沒兩年好活了，趕著巴著看遺產有沒妳的好處。告訴妳！少作妳的春秋大夢了！妳是什麼東西，敢動這種貪心？」

「妳又是什麼東西？」靜冷冷的回回去，「妳確定妳是慶平先生的女兒？不是路邊垃圾桶撿的？沒想到可以看到遺傳學這麼嚴重的反例呢。」

「夏月季！妳不過是要錢罷了！」那女人把手指幾乎戳到靜的臉上。

一聲尖叫，有幾點水濺到靜的臉上，但是那個蕭小姐卻被月季潑濕了半身。

「我在這裡。」月季站在門口，手裡還拿著花瓶，「不要低能到連人都分不清，妳比妳哥哥、姊姊差多了，蕭四小姐。」

「妳……妳……我的亞曼尼～」蕭小姐慘叫著，「我要告妳！」

「告。」月季打內線給警衛，「叫警察，有人在這裡鬧，恐怕有精神性疾病，很危險。」

「夏月季！妳這不要臉的女人！我要跟爸爸說！」

「妳說吧。本來我對你們家那筆遺產一點興趣也無，若不是你們蕭家子女傾巢而出，我搞不好想不起來。既然你們這麼盛情，我也不好不下手……」

「妳……妳……」

「警衛！把她趕出去！」月季將花瓶重重在桌子上一頓。

蕭小姐漲紅了臉，粗魯的推過幾個看熱鬧的職員，忿忿而去。

月季眼睛一轉，看著擠在門口的同仁，「這裡有馬戲團可觀賞？」

全體落荒而逃。只剩靜和月季。

月季拿出菸盒，靜拿出打火機，維珍妮涼菸的味道，緩緩的飄散。

「這裡好像禁菸。」靜指了指牆上的標誌。

月季過去把窗戶打開，「這裡只有禁止瘋子。」

兩個人相視而笑。

傍晚看見慶平時，她們都沒提那件事。

靜和月季一起坐在中山大學的欄杆上，慶平拄著楞杖，依著月季，靜靜的看著默默的夕陽往著海裡隱沒。

太陽的光芒終於弱到可以直視，滿天絢爛的雲彩。粼粼的像是極光般，隱約而飄蕩。

海面金光跳躍，層層然。

月季拿出口琴，細細幽幽的吹著「離家五百里」。

銀色的口琴，染了一點點的口紅，顯得頹廢而媚然。雖然已經擦掉了口紅，唇上仍殘留著胭脂。

靜迎著夜風，忘情的唱了起來。

慶平聽著，雪白的頭髮微微飄動。

趁著月季去買飲料，慶平對著靜說，「我從沒聽過她提起任何朋友的名字。除了妳，楊小姐。現在我懂了。」

「請叫我靜。我的朋友都這樣叫我。」

「靜。今天……我的女兒打擾了你們。我知道得太晚。」

果然他是知道了。「不打緊，小事情。」

「自從月季跟了我……只有委屈的份。錢，她不要我的。人……你也看到了。但是她從不說什麼。」慶平將頭垂了下去。

靜只是抽著菸，靜靜的聽。

「我只擔心，我若去了，月季怎辦？靜，我只能將月季託付給妳。」

兩年。月季告訴靜的時候，只是臉孔微微的蒼白了一下，卻一滴淚也沒流。「我沒有流淚的時間，我得把握每一分鐘。」月季微微的笑著。

「既然是妳的託付。」靜溫然回答。

慶平鬆了口氣似的，笑了笑。「人的命運是不可思議的。沒想到，二十幾年前……我在台北眩目的歡場認識了月季，橫過十幾二十年光陰，又在這個炎熱的高雄遇到她……」他失神了一下，「在那時，我這麼的愛過她，卻沒有抓住她，讓她自己飄遙孤零了這麼多年。只要一想到……她吃過的苦、受過的罪……」

慶平不語，手緩緩的撫著臉。

「請相信……你們相遇在最適當的時刻。若不是這些年的挫磨，月季不過是個孤僻的歡場女王。若不是這些年的歷練，慶平……你真到月季身邊，不過是個平常尋芳客罷了。」

這些話，是月季說的，但是靜相信，她是不會對慶平說的。

慶平抬起頭，眼光溫柔的看著靜，「這些話，不似妳的口吻，倒像是月季。」

「月季月季，琉璃人兒……我和她，隔著層矜持，她什麼也不說，雖然我都知道。我們還禁得等待麼？」慶平費力的想從石凳上起來，靜扶著他。

「只是近黃昏。」慶平喃喃著。

「但是一整天，只有現在的太陽能直視著。」靜的瞳孔，濺著夕日的金光。

「慶平。」月季拿著飲料過來，晚風獵獵的吹響她的衣裙。

他突然緊緊擁住月季。月季吃驚的將袋子掉到地上，迅速的模糊了眼睛，反身抱緊慶平。輕輕敲了敲月季的口琴，靜吹著「綠島小夜曲」，緩緩的走開去。

幾天的假期很快的過去了。慶平搬進了月季的公寓。靜在門口替他們拍了照片。

在飛機上，她看著這張拍立得。窗外一片漆黑。鄉鎮城市糾葛著七彩燈光，愛恨情仇相同的糾葛著。但是大段大段的山區水域，將這些糾葛分隔來，像是黑絲絨繡著各色珍珠亮片般，華麗的悲愴。

城市的燈光群，孤寂。

下得飛機，排隊等計程車時，有人搶了她的行李。

「回來不用說一聲嗎?!」學弟?

「你怎麼知道……」靜吃了驚。

「我們打了電話問夏小姐啊!」劍紅也來了?

「下次再不聲不響，我眞的要生氣了。」學弟的臉放鬆開，「歡迎回來，學姊。」

「不要那麼兇嘛!彥剛，靜會怕的。」

「不要叫我的名字!」

月季，妳是幸福的……雖然你們相處的時間不會多。

在車上，靜將他們的照片給了彥剛和劍紅看。兩個大男生沉默而感動。

但是我……我也是幸福的。現在。坐在學弟的身邊，在後座的劍紅，靠著前椅背，說笑著。

靜點起菸，在煙霧後微微的笑著。

意雲

靜覺得，意雲是生來和她相沖的。

大部分的時候，靜忙得頭都抬不起來，意雲的冷嘲熱諷都當成耳邊風，有回太煩了，回她一句，「意雲，妳今天第六次來找麻煩了，到底是企劃部太閒，還是公司冗員多？」

好死不死，企劃部主任聽見了，臉色發青的問意雲工作進度，她支支吾吾的答不出來，但是跟靜的冤讎又結深了一層。

「又跟意雲槓上啦？」中午一起吃飯時，彥剛閒閒的說。

靜把Menu砸在彥剛頭上，「閉嘴！災禍的根源。」

他笑了起來，「謝謝學姊的保護。」

意雲喜歡彥剛，靜知道，彥剛也一直是知道的。

早在研究所的時候，這個大學的學妹就一直藉著辯論隊的因由，想辦法親近彥剛。那時彥剛還有遠芳，意雲只是個可愛膩人的學妹而已。

但是彥剛和遠芳被迫分開之後，意雲就很積極的對彥剛表達好感。

若不是靜調到這邊來，中午彥剛都會被意雲拖著一起吃飯的。

「我還是喜歡跟學姊吃飯。」彥剛說。

「因爲我是人肉盾牌。」靜歎了口氣。

「……學姊！我知道妳很委屈。但是我心裡……不能夠……」彥剛沉默起來。

「如果我是男人，我也很難接受這種ＩＢＭ，」靜把話題岔掉，「就算她美若天仙也一樣。」

其實，意雲很美，公司追她的男人屢敗屢戰，只有增加，沒有減少的。就算她再ＩＢＭ，追求者只會解釋成活潑健談。

但是她就是只對彥剛傾心。

靜搖搖頭。

「你有什麼好？」實在不解。

「喂～學姊～妳這是什麼態度啊？」

若不是那天不慎撞見了掛著淚的意雲和彥剛，靜從來不在意意雲說的話。

推開太平門，想抽菸的靜，看見哭泣的意雲，彥剛尷尬的遞面紙。「對不起……」她想退出來。

意雲一個箭步，將靜拖進樓梯間，「妳幹什麼！意雲！學姊腳不方便，妳幹嘛這麼拖著她！」彥剛喝斥她。

意雲瞪著他，眼中有著火焰，臉上胭脂半褪，大顆大顆的淚珠掛在臉上，淒美的悲愴。

「她有什麼好？學長！你告訴我……我哪點比不上她？我比她漂亮，比她身材好、比她年輕……我不抽菸不喝酒……學長你知道嗎？她混過黑社會～」意雲走到彥剛的面前，「看我，學長，看我！我一直愛著你，也只愛著你啊！我贏不了遠芳學姊，那也就罷了，我怎麼會……怎麼會輸個這種爛女人！」

「閉嘴！意雲！」彥剛的臉發青了起來。

「我偏不要！她是個爛女人！她和人家同居了好幾年，後來那個人看透了她，把她甩了！學長你被她騙了！她是賤貨賤貨賤貨賤貨……」

氣得發昏的彥剛，等清醒過來才發現他動手打了人。但是那重重的一掌沒打在意雲身上，卻打在擋住的靜臉上。

靜被打得一偏，彥剛趕緊扶住她，「學姊！」

回過神來的意雲，眼淚如泉湧般。「妳以爲幫我挨這一個耳光，我就會感激妳嗎？妳作夢！」

靜等暈眩過了下，臉頰才火辣辣的痛起來，嘴巴破掉了，口裡流動著鹹鹹的味道。

「我不是替妳挨的。我只是不希望爲了這一個耳光，學弟居然得對妳歉疚，讓妳予取予求。太難看了，意雲，爲了個男人這樣踐踏別人。」

「妳懂什麼……」意雲痛哭起來，「妳根本不懂愛情……」她掩面跑出去。

「對不起。學姊，對不起……」彥剛難過得幾乎想掉淚，將手帕沾了冰水，幫她敷在臉上。腫得高高的掌印，青紫夾著慘白。

這一掌打得靜有點昏沉，「學弟，不管怎樣都不該打女人，就算是再可惡的女人。」靜厲聲說。

「對不起……」彥剛輕輕的擁著她，不讓暈眩的靜跌在地上，靜頭倚著他的前胸，閉了一下眼睛。

彼此聽到對方的心跳。

靜緩緩的推開他，摀著臉要離去。

「學姊，我帶妳給醫生看……」彥剛跟著，靜搖搖頭，「不用了，傳出去能聽嗎？」

靜自己去看了醫生，醫生要她觀察幾天，因爲靜吐了，有輕微的腦震盪。但是她不肯住院，拿了藥就回家，臉用紗布貼起來。

這件事就這樣落幕，一切回到軌道吧。

第二天一到公司，整個公司沸騰起來，學弟怒吼著，意雲在哭。

「我有說錯嗎？你明明變心了！你忘了遠芳學姊，愛上了那個楊靜！我只是好心的告訴遠芳學姊，有什麼不對～」

夠了！

靜轉身走出公司。回家寫辭職信，並且給遠芳發e-mail。

學弟……我只能做到這些而已……

去淡水的海邊坐了一天。非假日，冷清清空蕩蕩的淡水碼頭。靜抽了好幾包菸。

很晚很晚才拖著疲憊的身體回家，看見彥剛陰鬱的坐在樓梯口。她想轉身，彥剛擋住了她。

「學姊！跑去哪裡了！我好擔心！」

靜仔細的看著他臉上的焦慮和無奈，「沒啥，累了。晃晃。」

相對無言。

「早些睡。」輕輕拍拍他的頭，靜吃力的慢慢爬上樓梯。

第二天，靜開始騎機車上班，也不再跟彥剛吃午餐。錯開所有可能的交集。

但是劍紅找她，靜也婉拒了。

「爲什麼？如果妳眞的在意彥剛……」劍紅也開始不悅了。

「不，我只是不想拿你當擋箭牌。劍紅。我想靜一靜。」靜的臉上出現冰封的孤寂。

他歎口氣，每天默默的跟在靜的機車後面，確定她平安的到家。

靜恢復了原本還沒認識彥剛時寂然的生活。彥剛來找過她兩次，每次都讓她擋了回去。

意雲請了長假，靜的辭呈被退回，彥剛開始拿辦公室當家，日日夜夜瘋狂的工作。

冬天的氣息越來越深濃，靜也沉默到像是不存在一樣。

寄給遠芳的e-mail過了一週，還沒收到訊息。

靜看著灰色黯淡的天空，份外的疲倦。回家吧。久久不發作的腳傷，又開始痛了起來，痛到無法騎機車。

跛著離開公司，卻看見彥剛眉頭深鎖的走出大樓，為了不想跟他狹道相逢，匆匆的，靜推開附近的小小酒吧，意外的看到意雲。

意雲瞪了她一眼，隨即將目光投射到大幅的窗外。旋即彥剛匆匆的走過去，意雲的目光只是戀戀。

這種渴慕的眼神，讓靜的心裡波動了一下。她走近意雲，坐在她的旁邊。

「妳有什麼好？」她的嘴巴，還是那麼不饒人。

「他有什麼好？」靜反問她。

「妳什麼都不知道！在學校的時候，他和遠芳學姊……」

「我什麼都知道。」靜要了長島冰茶，「我知道妳愛上的不只是彥剛，還有他對遠芳的好。妳希望他的專情放在妳的身上，但是若眞的放在妳身上，那又不是專情了。」

意雲怔怔的看著她，一顆很大的淚珠從頰上滑下。

「妳胡說。」

「若是彥剛和遠芳在一起，妳大約不會覺得如何。但是和我，就是不行。」

「都是學長不好……他不該背叛……」她抽泣的聲音，非常的心碎。

靜喝著自己的長島冰茶，默默的聽著意雲哭泣。

「我沒有愛上彥剛。彥剛也沒愛上我。」靜打破沉寂。

「騙鬼！妳想騙誰啊～」意雲涕淚縱泗的狼狽著。

「……其實，妳一直都知道。」靜搖搖杯底的冰塊，「只是，妳對這樣的等待，厭倦了。妳只好把敵意發洩在我的身上。」

「亂講……亂講……」她蒙著臉，不顧胭脂水粉讓淚水侵蝕了。

靜沒有安慰她，任她哭倒在吧台，最後搭計程車將意雲送回去。

她也只是靜靜的抽菸。

回家，上線。e-mail的信箱裡，居然有遠芳寄來的信。

靜點了好幾次沒點開來。對於將看到的內容，靜的心裡感到很沉重。

親愛的學姊，對不起，我剛去德東旅行了十天，回來才看到了信。

也為了學妹的莽撞，向妳致歉。

……我相信彥剛，我也知道學姊。妳不知道，我也是學姊的讀者吧。

……如果愛情只剩下猜疑，那沒有維繫的價值。

我知道我不在彥剛身邊，他會徬徨。他的感受我都懂。但是我懂得彥剛，他總要關心一個人，然後被關心。就算不是愛情。

……我想，學姊也是吧？世上的情感，不是只有愛情而已。

看完了信，重重的一滴眼淚，啪的掉在鍵盤上。

居然只有個千山萬水，連面也沒見過的遠芳懂得。

靜坐了一夜。

天明，要出門，彥剛正好下樓。他憔悴了些，但是神情輕鬆，想來遠芳給了他信。

他開車門，靜也如常坐進去。他看著靜臉上仍殘留的瘀青，黯然。

「就要痊癒了。」

「再也不會了。」彥剛握緊方向盤，指節發白。

默默回到公司，同事站得遠遠的竊竊私語。

意雲眞的辭職了。但是靜卻在走廊上碰到她。

「妳辭職了吧？」

「我不能回來談方案？」她的口氣還是那麼差。

「在哪工作？」

一聽名字，靜愣了一下。

不是跟劍紅同公司嗎？只隔兩棟大樓。

靜笑了出來。原來，大家都還沒有離開。

她又點了另一根菸，緩緩的呼出去。這輪迴的笑鬧劇，我們還是得繼續演出。

時月

靜喜歡煮巫婆湯，雖然彥剛嘖有煩言，還是只能設法弄得好吃點，一下班還是來靜家裡吃飯。

一鍋白水，兩個雞湯塊，玉米、魚丸、甜不辣、蘿蔔、粉絲。每次回到家，靜都把前夜洗好的料倒進火鍋裡，電磁爐無煙的煮著，她趁著湯滾時去換衣服洗澡。

「通通一起倒進去，這樣怎麼會好吃？」彥剛一面嘟囔著，一面放金針菇、蛤蜊。

「要不你煮。」靜自顧自的走進浴室。

彥剛只好認命的煮火鍋洗米，一面在心裡詛咒副刊寫巫婆湯的那一個。

她不挑嘴，彥剛常譏笑她可以豬油拌飯過一輩子，靜居然覺得是種稱讚。

電鈴完全不理吃飯皇帝大的定理，很不會挑時候的大響特響。

「學弟，去開門。」彥剛心不甘情不願的離開飯碗，一開門，旋即關上門。

「學弟……」靜瞪他，他只好開門讓人進來。

「你來做什麼？」彥剛瞪著劍紅。

「咦？你來得我來不得？」劍紅神色自若，將一大包的滷味奉上，然後自己拿了飯碗筷子。

「你以爲這是你家啊！」彥剛氣他搶了金針菇。

「喂，你很沒立場說這話喔……」劍紅高高興興的吃掉了玉米。

「那是我的玉米～」

靜被這兩個弄得啼笑皆非，「出去打，打沒死的那個進來。」

大家都笑了。

「靜，週末我們去露營好不好？」劍紅邊吃著魯味，「去七星潭，要騎機車去。」

靜露出嚮往的神情，旋即黯然，「不行，我的腳傷才復發，這次若去，恐怕眞的殘廢了。」

「喔。」劍紅失望的表情很深重，「我好想跟靜去旅行……」

「彥剛跟你去吧。」靜低頭吃著粉絲。

「開玩笑～冬天的海邊欸～我放著溫暖的家不住，跑去吹海風？更何況……」彥剛嚷著。

「我才不要跟他去！」兩個人還異口同聲。

靜笑了出來。

「我在這裡等你回來，」蒸騰的熱氣後，靜對著劍紅說，「我和彥剛。」

「靜，你就好，彥剛就不用了。」劍紅含情脈脈的看著靜。不理彥剛旁邊哇啦哇啦。

背起行囊，瀟灑的開走了他的吉普車，彥剛提起他，嘟囔著：「快四十的人了，這麼好興致？」

靜只是微笑。

我會在這裡等待。劍紅也如約的回來，帶了個色彩斑斕的斜背袋。

靜輕輕叫了一聲，「這不是毛線編的？這是真的檳榔袋呢！」

「那當然啦～我跑得快死了，才找到這一個呢！真正傳統織法做出來的阿美族檳榔袋喔。」他看見靜少有的那種歡欣面容，覺得差點開到山溝裡的危險也值得。

「不行，」靜拿還給他，這太貴重了。

「當然，如果靜願意陪我去看這場豐年祭的演出，我會更開心。」他輕輕的把票和檳榔袋放在她的手心。

國家戲劇院？靜的心裡開始動搖。劍紅露出粗獷的笑容，眨了眨眼。

「謝謝你。」鮮少接受禮物的靜，居然笑得有點羞澀。

到了演出那天，靜穿了一身沉靜的黑，只在頸上掛了串養珠，帶著素淡的耳環。

劍紅看著她，剛剛和他一起騎著機車過來的靜，臉孔讓風撲紅了，神情還是那樣淡淡的愉悅著。

雖然靜不是很美，雖然靜這麼瘦得可憐。但是和靜在一起的這份自在……

他悄悄的伏在靜的耳邊說了話，靜朗朗的笑了起來，在偌大的大廳裡很惹眼。

原本笑著的劍紅，看見不遠處的一雙眸子，像是著了定身法般。

順著他的眼光，看見一個雪白美貌的少女，穿著不合她年紀穿的昂貴套裝，瑟縮的看著劍紅。

劍紅著魔似的要上前，那少女往男伴的身後一躲。劍紅的臉變色，正要發作，悄悄的，靜將手插進他的臂彎。

看見了靜那種平和的眼神，劍紅愣了一下。原本洶湧的悲哀憤怒和不捨，在轉瞬間平和下來。

他跟著靜離開，而靜，沒有一句話多問的。

在國家戲院中，原住民揮灑著他們的汗水，吶喊聲回蕩在好幾層樓高的劇場頂層，天地爲之震動。

被這種熱烈的情緒激動著，劍紅暫時忘了剛剛的偶遇，跟著舞者的韻律而激越。

靜原本蒼白的臉孔也泛著粉紅，輕輕的唱著她在花東縱走時，學到的阿美族歌曲。她的嗓音柔細無力，但歡欣的情感卻表露無遺。

將冰冷的空氣沸騰起來，這是場很成功的演出。

最後靜忘情的起立鼓掌。

一直到走入PUB，靜無心機的愉悅，少有的多話著阿美族的傳統和文化。

若不是劍紅看到和那少女相似的套裝，緊張得全身緊繃，這種歡欣的氣氛會一直持續下去。

靜只瞄了他一眼，便默不作聲的喝著自己的酒。

「她是我的前妻。」劍紅發現穿著套裝的不是她，放鬆和失落的情緒，幾乎擊倒了他。

「嗯。這麼年輕？」

「不年輕了。大約和妳差不多年紀。」

那個美麗的少女……居然三十歲了？不可能的……

「哼。她永遠不會老……和她分開快一年，我倒是老得多了。」

劍紅大口灌了杯威士卡，靜只是默默喝著長島冰茶，香菸一點點紅光，微弱照著他們坐著的黑暗角落。

劍紅滿懷心事的將靜送回家，悶悶的回去喝了一夜的酒。不過，靜什麼都不多說多問，這讓他覺得安慰些。

和她分開最難堪的不是遇到認識的人，而是這些人不知道憑了什麼權利，追根究柢的探問，這才令人光火。靜是不同的。隔著話筒，聽著劍紅喝醉反而清醒的聲音，靜說，「因為我笨，不知道怎樣問人家的隱私。」

「我喜歡這種笨。靜，明天我們結婚可好？」

「若明天世界末日來臨的話。有何不可?」
劍紅呵呵的笑了起來,趴在桌子上醉倒過去。
靜輕輕把話筒放下。
她的好奇心不足以讓她挖掘別人的隱私。若劍紅高興,他會告訴自己,又何必去撕裂人家可能的傷口?
沒想到劍紅沒來得及告訴她,他的前妻卻來找靜。
臨下班,彥剛剛好爲了資訊月忙翻了天,整個十二月,靜都單獨的回家去。她正找著機車鑰匙,居然來了訪客。
「楊……楊靜小姐……」她怯怯的聲音像是小女孩般的低微軟柔,「我……冒昧一下……可否請妳喝杯咖啡?」
她在發抖?靜意外的看著這個雪白的少女,居然因爲跟個陌生女子說話,所以她在發抖?
她的男伴憐惜的扶住她,「時月……」
十月?現在是深冬。
時月對著男伴搖搖頭,露出楚楚的笑容,「讓我……跟楊小姊單獨說下話好嗎?拜託……」
楊靜開始懷疑有誰能拒絕她的請求。

她的男伴依依不捨的離去，留下她和剛下班的靜單獨面對。

「咳。時月小姐……抱歉，我不知道妳的姓。」

「我……我姓唐。請叫我時月就好。」她不再發抖，小鹿般的無邪眼睛，充滿信賴的光芒。連女人都會心動的美貌。

「時月，吃過飯了嗎？」一邊走著，靜讓巷子裡牛肉麵攤的香味逗引得饑腸轆轆。

「還沒……」但是她看靜走近路邊攤，時月卻露出驚惶的表情，「對……對不起……我不敢吃路邊攤……」

啊？靜呆了一下。看見她身上穿的套裝，釦子兩個C相交著。

也對，穿著香奈兒吃路邊攤是有點小怪。

「那……我們去眞鍋喝咖啡吧？我有兩頂安全帽。」靜將自己機車的行李箱打開。

時月爲難的幾乎落淚，「我也不敢坐機車……」

劍紅的前妻不敢坐機車？靜有點明白他們分手的緣故。

「計程車？」靜忍住笑意。

時月如蒙大赦的拚命點頭。

「眞鍋。麻煩你，司機先生。」

「可……可不可以改去福華？眞鍋的咖啡我不喜歡……」時月小聲的說。
當然當然，靜終於笑出來，「司機先生，福華飯店。」
等坐在福華大廳的咖啡座，反而換靜有點不習慣。
「我……眞的太冒昧了……」時月舒緩下來，像是回到自己家裡一樣。
靜只是笑一笑。「爲了劍紅嗎？」
時月居然紅了臉，神情漸漸悽楚，「劍紅……他好嗎？」
「妳爲什麼不直接問他呢？」
她開始淚盈於睫，「我想……他一定很恨我……他那種恐怖的樣子，我怕……」
「我想，劍紅會希望妳給他一個招呼吧？」靜淡淡的說。
沉默了一下，「妳喜歡劍紅嗎？」時月問。
靜想了下，「是，我喜歡他。」雖然不會跟他結婚。但是也不容人傷他。
「那……請妳跟令學弟切斷關係好嗎？」時月祈求的看著她。
靜驚愕的看著這樣雪白美麗、大眼睛有著楚楚淚光的時月，突然覺得她的荒謬讓人發笑。
「爲什麼？」靜起身拿外套，「不好意思，我要先走。」她丟下千元大鈔。
「不要生氣……楊靜小姊……請妳不要生氣……」她苦苦的糾纏上來，「我只是希望劍紅幸福，只是這樣的願望呀……」

「妳調查我。妳侵犯我的隱私調查我。」靜的聲調平穩，像是敘述某個事實而已，「我討厭別人這樣窺看我。唐時月小姐，妳眞希望他幸福的話，何不回到劍紅的身邊？」

「我回不去了！我沒法子和他生活在一起……我也愛劍紅啊～但是我沒辦法……我受不了他總是忽略我……總是上山下海的去旅行……我受不了……他討厭我的生活圈子……但是我也討厭他的生活圈子呵……」

她哭了出來，其他客人紛紛投以同情的眼光。

「那就各行其是吧。何必這樣干擾他的女伴？」靜轉身就走。

時月跟在她身後哭著，「我希望他幸福啊……我是眞的愛他……我不是有意背叛的……但是伊錚對我好……我也不知道，爲什麼會變成這樣……」

靜上了計程車，看著哭泣不已、美麗的時月。

「我會對劍紅好，也會對學弟好。這些都是我的事情和我的意願。我和妳不同，我知道爲什麼會變成這樣。」

絕塵而去。

劍紅來找她，神情憔悴。

「她來找妳？」語氣萎靡。

「我不是第一個，也不會是最後一個。劍紅，你應該跟她當面談清楚。這樣你永遠得不到幸福。」

劍紅搖搖頭，露出苦澀的笑容，「起碼，她還是愛我的。」

靜看著他灰敗的面容。女蘿總是輕易的纏死了松柏。

「你確定？」同樣的PUB，男男女女寂寞的魂魄晃蕩，黑暗的角落讓人忘記該有的防線。

「……」劍紅突然笑了起來，「她很美，對不對？妳知道嗎？她在家的頂樓，搭建了將近五十坪的溫室。種滿了熱帶的花卉香木。養了好多奇特豔麗的鳥兒。每天從淒風苦雨的台北街頭，疲憊的回到家，看見她……像是安琪兒的穿梭在溫室，嬌豔雪白的容顏，映著在她手臂棲息的五彩鸚哥，眞的……」

他閉上眼睛，既苦亦甜的回憶……「我相信天堂的存在……現世就有安琪兒降臨在台北的骯髒天空下……」

「但是這個安琪兒也只能養在溫室裡。不能風吹雨打，也不能失去照顧。呵呵……覬覦她的人是那麼的多，我不在意別人譏諷我娶了她減少二十年的奮鬥，但是我卻不能忍受長年累月的窒息在台北……」

小小的桌子，排了一列列的空酒杯子，看起來，愴然的清寂。

「我並不是爲了她的背叛而生氣……不是……而是……她從此看我的眼光，就像我是頭野獸般……呵呵……我寧可剁下自己的雙手……也不會傷害她呵……」劍紅斷斷續續的說著，半是醉酒，半是心痛。

「相識之初，你追她？」靜點了菸。

劍紅搖頭，「但是這又有什麼差別呢？」

酒保輕聲請他不要喝了，劍紅咆哮了起來，眞的，他喝多了。酒保祈求的看著靜。

「給他喝。不，不是威士卡。伏特加，純的。」酒保瞪大了眼睛，卻讓靜冰封的眼光鎭壓住。喝完了那杯伏特加，劍紅匡啷的跌下椅子，醉倒在地上。

靜連眉毛也沒動一下，只按熄了菸，找了劍紅的車子鑰匙。「幫我一下，把他抬上車。」靜和酒保抬得滿身大汗，但是靜的表情還是漠然的。

劍紅睡了一下，等再醒來時，發現靜開著吉普車，黑暗中，她的面容堅毅。他動了一下，發現自己蓋著靜的大衣。

「靜……妳會冷……」

「不會。光把個酒鬼抬上車，就夠我一身是汗了。」

劍紅笑了起來。暈眩的感覺也無法打滅他的笑意。

「靜，我愛妳。眞的。」

「是啊，我也愛你。」靜邊換檔，邊瞄了他一眼。

「我們私奔吧。別管那個彥剛啦。」

「好啊好啊，明天世界末日的話，馬上去結婚吧。」

劍紅倚著窗框，笑著。靜身上特有的香皀味和菸味，在他蓋著的外套上交織著。

這氣味這樣熟悉安然，像是可以依靠的一般。

劍紅又睡著了。

深雪

溫度太低，對於低血壓的人來說，實在是種折磨。靜也被這種超低溫的冬季弄得昏昏欲睡。

從大樓走到夜幕低垂的街頭，看見個孩子只穿了件毛衣，髮上沾滿了綿細的雨珠，站在街邊。靜打了個寒顫，年輕眞好。

學弟把傘打起來，她冷得連說話的力氣都沒有。

「靜！」那孩子叫了她，詫異的靜卻看看自己身後。

他跑過來，靜意外的發現這樣孩子氣的臉，比她卻高了將近一個頭。

「還記得我嗎？」他說的是日文。

這樣美麗的大眼睛注視著她，就像被貓的眼睛注視一樣，點點的魔幻的光芒忽隱忽現。

這樣的眼睛……看了就不會忘記的眼睛……有點憂傷的眼睛……

「深雪……里見深雪……」靜突然有時光倒錯的感覺。

他鬆了口氣，露出可愛的笑容。「幸好……靜還記得我。我本來打算靜若忘了我，就馬上搭飛機回去。」

「你怎來了？誰跟你來？」靜心疼他淋濕，將自己的圍巾纏繞在他的頸上。

「靜的味道……」他將臉埋在圍巾裡，突然抱緊靜，「我好想妳……」

阻止衝上來想解救她的彥剛，靜被昔日懷念的情懷，衝擊。

當過深雪短期的家教。彼時他和母親一起蝸居在天母，只是個十歲的小孩。因爲是日本人，被美國學校的孩子排斥得很厲害。

那美麗的大眼睛和雪白的皮膚，遺傳自他神情淒絕的美貌母親。靜靜對著黃昏，終日不語的里見館晴。

深雪從母姓，總是滿懷心事。只有靜來家教的時間，他才少有的出現笑容。

館晴，深雪。兩個極富中國文字之美的名字，卻是兩個雪白的日本人。

多久了？七年？八年？靜在這七年多的時光，失去了當時甜美的溫柔，卻讓小小的深雪，變成這麼高大的少年。

「我等這一天很久了……」深雪的口音，有著深刻的京都味道，「靜，嫁給我吧！」

將他帶到眞鍋，正在喝咖啡的靜，不當心的把咖啡噴了出來，深雪卻鎭定的把面紙遞給她。

驚魂甫定，靜用中文說，「太久沒用日文了，剛好我沒聽懂。」

「不打緊，」深雪也用中文，「爲了怕妳聽不懂我的求婚，我刻意學了好些年的中文。」

靜起身結帳。

「爲什麼不給我機會?!就這樣拒絕我？連一句話都沒得說？」深雪的國語有點京片子，分外悅耳。

「深雪，你突然跑來，就是跟我說這個？」

「對。其實，我倉促回日本時，最後悔的就是……居然沒把妳一起帶走。」

「你帶我就會走嗎？」太荒謬了，靜忍不住發笑。她以爲，遇過時月就算是大開眼界了，沒想到七年前，小小的深雪，腦袋的結構就夠奇特了。

「我可以綁架妳，久了妳就甘心了。就像我母親一樣。之後我父將她放逐到台灣，她亦日日低眉思念我父。」

愕然。這孩子的出身略有所聞，看來眞是如此。

「你已繼承家業？」靜小心的選擇字眼，總不能問他，「你繼承黑道大哥的位置了嗎？」

他點頭。

才十七歲的孩子……就註定和罪惡牽扯一生……

靜輕輕撫撫他的頭，就像她還是深雪的家教一般，深雪也如同往日，將大大的眼睛閉起來，睫毛輕輕的顫動著。

「不。深雪，我對當極道之妻沒有興趣。」她在眞鍋門口站定，點菸。雪白的煙霧嫋嫋。「但是我希望你知道，我比較關心你的安危。」

靜離去，深雪沒有阻攔她。

「我不會放棄的。」深雪喃喃著。

第二天，靜下班，他靜靜的等在外面。靜沒理他，上了學弟的車。

第三天，靜下班，他還是靜靜的等在外面，靜還是上了學弟的車。

第四天，靜下班，看見他孤零零的站在街道，頭髮都濕了，終於發火起來。

「你想怎樣？」她對著深雪發飆。

「嫁給我，跟我回日本。」

「你看清楚，我已經不是你那溫柔的家教老師了……這麼多年過去……發生了許許多多的事情。我已經不是你戀慕的靜了。」

「我不是因爲妳的溫柔才戀慕妳。」深雪抓著她，「因爲妳是『靜』才戀慕妳。妳爲什麼不給我機會？妳連飯都不跟我吃，連門都不跟我出，妳爲什麼不讓我證明，我的決心和愛慕是不是盲目的？」

他放開靜，「妳因爲我的年紀小，所以連機會也不給我。妳知道我的智商有一九〇嗎？妳知道我越級念了大學嗎？妳什麼都不知道，卻因爲我的年紀淘汰我，這太不公平了！」

良久，靜不語。只有她夾在指上的香菸，塡充著彼此的沉默。

「世界有什麼事情是公平的？」她終於開口。

「妳可以試著控制這件事情，讓它公平點。」

望著那麼美麗的眼睛，靜笑了。

她沒管學弟的警告，將深雪帶回家。洗過澡的深雪，不畏冷的赤著上身，趴在地毯上看她的照片。靜穿著白棉布的睡衣，捧著馬克杯，用熱騰騰的咖啡暖手，和他一起看。

學弟打電話來「關心」，靜笑笑的擋回去，劍紅也來按門鈴，靜告訴他，現在她「忙」，所以不接待客人。

「我的競爭對手好多唷。」臥在地毯上像雪白的獵豹，慵懶的深雪說。

「是呵。所以你的勝算不大。」

他露出美麗的大眼睛，笑。「我比他們漂亮，也比他們年輕。那些老頭比不上我。」

男人漂亮能吃嗎？靜啜口咖啡，也笑。

「我也老了。」她說。

「靜是沒有年齡的。即使滿臉的皺紋，我仍然愛靜……」深雪從身後抱住靜，輕輕吻靜的頭髮。

輕輕的往後倚，靜沒有推開他。是的，也許對男人都有戒心，但是對深雪就是沒有。

也許深雪還是個少年，不太分得出性別的緣故吧？

「我已經大到不是處男了。」深雪一本正經的說著。

「處不處男可以拿來當年齡的指標嗎？」靜頂回去。

在厚厚溫暖的棉被中看書，深雪硬擠來躺著，抱著靜。

「下去。」靜對他皺眉頭。

「叫我下去就下去？我那麼沒個性？」他將臉埋在靜的肩窩，「妳的語氣……滿像當年罵點點貓的口氣。」

點點貓……靜想起當年那隻喜歡躺在課本上的貓，覺得好笑。

「你們在我眼中，是相同的生物。」靜繼續看自己的書。

「八嘎……吼～靜！妳這麼看不起我～」深雪開始搔靜的癢，靜笑得喘不過氣來，「住手！快住手！深雪～我要生氣了～」

看著笑得臉頰酡紅的靜，深雪壓著她，「恐怕接下來的事情，妳會更生氣……」他的臉慢慢逼近靜……

「你若吻我，就馬上滾出去吧。淘汰出局喔。」靜笑笑說。
「……吼～妳這樣對生理正常的男人是很殘忍的～」
「滿街都是女人呀！不差我這個。」靜笑咪咪的。
看他可愛的睡臉，靜這才輕輕的吻了他的睫毛。

「學姊，那小鬼才十七歲？」
「嗯。」
「你們……沒有未來啊～」早知道就讓劍紅追學姊算了。
「未來？幹嘛要有未來？」靜將報表列印出來，傳眞機吐出一張紙，大大的祝賀戀愛成功的圖，下面簽名的是意雲。
一群八卦人。
發現自己居然會期待下班，靜也覺得詫異。期待什麼呢？
走出大樓，看見遠遠的，深雪奔了過來，她突然讓某種猛烈的情緒襲擊。期待……深雪嗎？
「靜！」他撲過來將靜壓在牆上，他的聲音，那樣的驚恐。
許久，深雪在發抖。「靜！回答我！跟我說話，靜……」他的聲音帶哭聲。

「深雪？」靜聞到一絲硝煙的味道。

那一定是……一定是有人剛放過鞭炮……一定是這樣……

她看見距離自己一公尺處的牆上，有個深深的小洞。靜的血液都凝結了。

「對不起……靜……對不起……」深雪的淚，潸潸的流下來。

緊緊的抱住靜，像是要讓靜窒息一樣。他大聲的用日文說，「誰也不准碰靜！我回去。但是誰碰了靜，我一定讓一切都毀滅！我說到做到！」

他在發抖。語氣這樣堅決，但他在劇烈的顫抖。

「再見……不再見啦……」深雪輕輕的在靜耳邊說著，絕然的離去。

「靜～妳看～我的詩被刊出來了～」小小的深雪興奮的拿著報紙給她看。

思念鑄造成的河水
蜿蜒在母親臉上
之所以是鹹的
因為源頭是無盡的海洋

深雪

深雪臉上的淚……

❄ ❄ ❄

終於要回去了。深雪將衣服穿好，戴上墨鏡，遮住那雙美麗的眼睛。

看著鏡中的自己，連自己都不認識的自己。寒冬仍深，初春未臨。

但是他的名字和母親的姓氏，連同在台灣的歲月，以及靜……都必須一起拋捨了。

他走到飯店大廳，居然看見靜倚在柱子邊，蒼白著臉，正在看書。

一定是幻覺……要不就是相似而已……

深雪不知不覺的走到她面前。

靜看著他，含笑。將他的墨鏡拿下來，把他梳上去的頭髮拔亂下來。

「當 雪深的日子……」她輕輕的念著。

他露出淒然的微笑，將口袋裡一張護貝過的小卡片給靜。

看著自己七年前的筆跡，靜的懷念，不只一點點。

那時還是好哭的楊靜，對於分離如此難捨。匆匆的在機場，拿自己的書籤，匆匆的寫了這些。

當　雪深的日子　春天就要來臨
冰與霜哭泣著　在梢頭垂著淚　點點滴滴
當　雪深的日子　冬天就要別離
我們相擁　別離的冬季
雪落無聲　默然的冬季
當　雪深的日子……
春天就要來臨　櫻花盛開的時候
我們相聚？或許……
我們分離？或許……

靜

擁住深雪，靜吻了他。忘情的。
好想帶妳走呵……靜……
像是在彼此的臂彎中，就可以遺忘世界存在似的。遺忘年齡的差距……遺忘國度的不同……遺忘沒有交集的交集……

在默默的晨光中醒來。罕有的冬陽露了臉，一室蕾絲窗簾的影子，飛舞。

「靜，若是妳懷孕了，一定要讓我知道。」靜靜摟著靜的深雪，含糊不清的說著。

「嗯。若是有這個孩子的話，他的未來一定很不平凡。日本某組的組長，少年時在台灣留下來的孩子。」

深雪笑了。他的笑容還是帶著越來越重的哀戚。

吻別。

「讓我看看你的眼睛。」

深雪拿下墨鏡，看著她，美麗的貓般眼睛中，有著點點淚光。

「我不再讓任何女人看見我的眼睛。這是屬於靜的。」

飛機離境。靜緩緩的走出去。發抖的手點不燃菸。

若是有那個不平凡的孩子就好了……但是那個孩子永遠也不會誕生。前年她裝了諾普蘭，到現在效力還沒有過去。

那個不平凡的，永遠不會誕生的孩子。

靜終於哭了……崩潰了她長久的冰封，痛哭一如嬰孩。

薰風

「懷孕了。」放下電話，靜對著彥剛說。

彥剛一跳，險些打翻了茶杯，「學……學姊……不……不要慌張……」他結結巴巴的口吃，

「我陪妳去日本找他負責～」

靜定定的看著他，「學弟，別緊張，」慌張的是你，不是我，「不是我懷孕了，是我姊姊。」

「人工美女？」他一口眞氣鬆下來，簡直想哭。

這樣對他的心臟實在不太好。

「她？懷孕？要生嗎？」覺得寫A書的當紅作家要生小孩是件很怪的事情。

「她要生，我要看看她的情況。」

「回去的時候記得鎖門。」靜把外套穿上，沉默的把手放在口袋裡。

「學姊？這麼晚了去哪？」彥剛追上來。

「去看我姊姊。」

「妳……打算怎去？這麼晚了！」

「搭計程車。」背上背包。

彥剛深深吸了一口氣，「妳不會叫我送妳去嗎！」他吼靜。

靜沒讓他的大嗓門嚇到，悠閒閒的走出門口，「我有腳。」

他氣得摔門拿鑰匙。

學姊就是這樣子。叫一聲會死？

那天清晨，她回來換衣服，臉色鐵青，眼睛腫得像核桃，但是叫她請天假，死都不肯，結果在公司發高燒，半夜的急診，居然沒叫他，自己走了很遠去攔計程車。

叫一聲會死人？

想到就心疼哪。臉色灰敗，兩頰凹下，病倒了整整一個禮拜。彥剛哪都不敢去，就在學姊家打地鋪，劍紅卻老早跑了個人影不見。

等稍微能起身，學姊就趕他回去睡，不准他隨便請假。一直到現在過了快一個月了，靜的衣服鬆了一大圈，瘦得更可憐了。

這樣子叫人怎對她生氣？

「少抽點菸。」彥剛把車窗打開一點點。靜悶在滿是菸味的車廂裡，常常會咳個不停。一直沒好全，身體又不保重。

「好。」

乖順得讓人害怕。彥剛擔憂的看了看她。什麼話都不肯說，徒然叫人心焦。

「學弟，你要開到哪？再開下去高速公路了。」靜笑出來。

挖勒，他慌忙靠外側，繞了一大圈才到。

「走吧。」靜緩緩的走著，嚴冬讓她的舊傷有點痠軟。

「我是不是不去比較好？」一面拿著外套，一面小跑步的追著靜。

「姊姊才不會在意。呵，你可別當面叫她人工美女。」

「呵。」彥剛也笑了出來。

「我姊姊姓楊，單名一個泠。」

「泠姊。」這樣的招呼讓泠高興，她笑笑的接待他們，「我家妹子麻煩你照顧了，彥剛。」

「的確是很麻煩。」靜將菸按熄在菸灰缸。

「我可從來沒說過！」彥剛大聲了起來。

靜沒理他，瞪著泠，「妳眞要生？」

「是要生。」她的指端夾著維珍妮，姿態撩人的抽著菸，泠不防靜把她的菸一抽，泠氣得叫，「喂～」

「要生小孩的人要忌菸忌酒，妳……」靜看見餐桌上還有瓶喝了一半的梅酒，拿到水槽倒乾。

「喂～那是我拿來暖身的……妳跟我倒掉～」

「要暖身穿多點吧！家裡誰在看？穿這麼短？」靜把泠拖到房間換衣服。彥剛偷笑起來。靜要泠到她那邊住，泠不肯。

「妳來陪我產檢就行了。」泠半歪在沙發上，「讓妳成天管頭管尾，我可受不了。」

靜被她氣得發怔。「妳再抽！當心小孩畸形！」泠咕咕噥噥的把菸熄掉。靜像在抄家，將所有的菸和酒的存貨席捲一空，「明天我再來。」

「明天妳還要來?!不用了～」泠急得大叫。

「沒錯，明天我會來，下個禮拜我會來，以後都會來。」靜把那箱酒交給彥剛，她拿了兩大袋的菸，「明天見。」

「我眞後悔告訴妳懷孕的消息～」泠在她背後氣急敗壞。彥剛笑得連路都走不穩，靜瞪他。

「我擔心得要命，你笑什麼？」

預產期在八月，剛過完元旦，泠已經開始孕吐了。

「姊，不一定要生啦。」看她孕吐到無盡頭，半是驚心，半是惻然。

「胡扯啥？我的孩子……讓那沒心肝的混蛋帶去巴西移民了，那時我沒錢沒本事養，現在奮鬥了半輩子，不用誰的力量我自己也養得活孩子……爲什麼不？這世界上我還有什麼親人？不過是看不到的那個跟肚裡的這個……」

她瞅著靜，「還剩一個妳罷了。」靜被她的話弄得一低頭，半天才把眼熱熬過去，泠還是翻腸覆肚的吐著。

太多太重複的整型手術搞壞了泠的身體，長年的節食更雪上加霜，再加上高齡產婦……每個禮拜靜都陪她去做產檢，所幸還不算太差。彥剛也跟著忙進忙出。

「學弟，你有你的事要忙，可不好這樣跟我們跑。」靜勸他，「我們自己搭計程車得了。」

彥剛從照後鏡看乾嘔得軟綿綿的泠，拎著大哥大還拚命著出版社的事情，歎口氣，「算是實習好了，省得將來遠芳懷了孕，何以措手足？」

爲了給身體虛弱的姊姊補身體，她和彥剛常在廚房裡研究食譜，彥剛抱怨，「我再這麼試吃下去，等泠姊生了，我也胖到大門卡不過。」

「我也試吃啊！我就沒胖。」靜忙著丟紅棗，當心的量了三杯水。

「欸，劍紅調到大陸去了。」彥剛裝著不在意，對靜說。

「喔。」靜將燉鍋打開。

幸好沒把學姊交給那男人。彥剛覺得自己的眼光眞是銳利。

劍紅悄悄的調職，還是讓彥剛知道了風聲。

「什麼意思？一聲不響的來，一聲不響的走？」彥剛眞想打他一頓。

「反正靜的心裡從來也沒有我。」劍紅沒打算多談什麼，轉身要上機車。

「這是藉口。因爲你跟唐小姐復合了，對不對？」

劍紅站住了。他忘了，意雲什麼事都會跟彥剛說，而時月又常常到公司來。

「我沒必要跟你解釋。」劍紅連頭都沒回。

「我也不是來聽解釋的。」彥剛也轉身要離去，「祝福你，我想，學姊也會這麼說。」

「……都是靜不好！如果她接受我……如果她不要跟那個日本小鬼一起，忽略我……我也不會跟時月復合。我明明知道時月……」

碰的一聲，彥剛把他掐著脖子壓至牆上，「你給我閉嘴。」彥剛從齒縫擠出聲音，「你再說一句學姊的壞話看看！我最討厭、最討厭那種把一切過錯都推到別人身上的傢伙！」

眞可惜……他開始喜歡劍紅了……開始願意放手……

他看著在廚房裡皺著眉毛，小聲小聲念著食譜的學姊，將來……我和遠芳結婚了，也絕不會拋下學姊的。

彥剛的表情轉堅毅。

「別靠爐子太近，燙。」學姊把他拖開一步。

他和學姊笑嘻嘻的去送泠口裡的「牢飯」。

「我要起床啦～」泠哀嚎著，即使坐在床上，她的筆記型電腦還是開整天的，出版社的電話還是響個不停。

「醫生警告過了，妳有先兆性流產的現象。不想要小孩，妳就起床好了。」靜恐嚇著她，把紅棗雞端上來。

「醫生也說我好多了呀……」泠咕噥著。

原本枯黃的容顏，讓靜優養得珠圓玉潤，「被妳養胖了啦！」泠抱怨著。

靜把紅棗雞端走，「啊啊～我是開玩笑的啦～」

看著她們笑鬧，彥剛也跟著快樂起來。他常常漏夜寫信給遠芳，像是泠的孩子是大家共有的。

遠芳對於這個未出生的孩子，懷著說不出的好感，央求等生了小孩，照片要掃一張給她。

「呵。早呢，現在才六月呢……」暮春微微侵襲著夏天的味道。

「就叫楊薰吧。」泠和靜研究了一個早上，終於決定了。

「哎唷，學寫名字就寫死他。」彥剛一想到學寫名字的夢魘就害怕，「取個簡單的……比方，楊一？」

靜賞他個老大爆栗。

「就楊薰吧。單名，沒讓他多寫個字呢。」靜說。

剛剛產檢完，疲勞的三個人，靜靜的在泠的家裡享受這種安寧的氣氛。

「回去啦。我想睡覺了。」泠往床上一躺，靜過來幫她蓋了被。

「靜，我愛妳。」泠按著她的手，這樣對她的妹妹說。

靜詫異了，但是她也笑著說，「是啊，姊姊，我也愛妳。」

「當然，我也愛你的，學弟，別吃醋。」她上了彥剛的車，彥剛被她弄得哭笑不得，「是是是，學姊。」

不是才平安的做完產檢？不是昨天才笑語嫣然？爲什麼……姊姊的菲傭會這樣慌張的打電話來，告訴她，瑪當進了醫院？

靜覺得身邊的一切都崩落了。

「瑪當流了好多血……好多血……」菲傭沙達在電話那頭哭得那麼害怕……

她顧不得身上穿著睡衣，衝到樓上，拚命追打著彥剛的大門，「彥剛！彥剛！我姊姊，我姊姊……彥剛～」

彥剛看見學姊鐵青著像鬼似的臉，知道事情不妙了，趕緊催學姊換衣服，匆匆的去開車。

一路上，彥剛緊緊握著靜發抖的手，只覺得靜的手沒有暖過。

站在手術房外，靜只能凝視著「手術中」的燈號發呆。兩個小時過去，不肯吃，不肯喝，站著。

突然有醫生衝出來，「血庫告急！O型血告急！天啊～誰是O型～」

「我是！大夫我……」

彥剛攔下靜，「我是，大夫，我是！」衡量了靜和彥剛，醫生匆匆的將彥剛帶走。

等彥剛回來，靜的聲音緊逼著，「謝謝。」

「應該的。」彥剛回答。

時間一分一秒的過去，突然手術房又騷動了起來。

「心肺復甦機準備！電擊準備！患者沒有心跳！」

「家屬？準備發病危通知書！」

「他們……他們在說誰病危？彥剛？」靜的聲音和平常完全不同，「不是姊姊對不對？不是，對不對？」

彥剛扶著她，眼睛不知道該看哪裡，只好落淚。

「騙人……」護士把病危通知書交到靜的手上，嚴重的失重感弄昏了她，「不要……不要……」她轉身要衝進手術房，彥剛趕緊抱緊她，「放開我！姊姊～姊姊～不要丟下我～不要丟下小靜～我會怕～不要～」

緊緊抱住拚命掙扎的學姊，彥剛的心裡也恐懼了。不是女人都會生小孩嗎？不過是生小孩……昨天泠才跟他們一起取小孩子的名字，一路打打鬧鬧……醫生還說，泠的危險期過了……

爲什麼？爲什麼泠會這樣就……在生死關頭，彥剛害怕了。

沒有人告訴過他，生育是用生命換生命，醫學再進步，每年產台上的冤魂沒有消失過。

就這樣？就這樣？生命這麼脆弱？遠芳……若是遠芳……

只能用緊緊的擁抱，好卻除心裡的害怕。

「不要～不要拋下我一個人～姊姊～」靜尖聲的哭了起來。

姊姊……同父異母，從來沒有生活在一起過的姊姊……但是我愛妳，我愛妳啊！若是妳死了，這世上我眞是孤零一人，再沒血緣之親了。連同未出生的嬰兒……我不要、不要一口氣死去兩個親人……我不要……

「還有我啊～學姊，我會在妳身邊……」彥剛緊緊的抱住她，眼淚落在她的髮上。

靜哭得癱軟，「學弟……我要姊姊……姊姊～」

原本放棄急救的大夫，搖搖頭，「救小孩吧……」
他的同僚卻突然瞪大了眼睛。
「病人哭了。」
「心跳恢復了！」「快！心臟按摩～」「小孩勒？」
「活著！」
響亮的兒啼……彥剛覺得從來沒聽過比這個更美麗的聲音。
靜反身抱緊彥剛，昏了過去。

❄ ❄ ❄

夏天就要開始了。南方吹來溫暖的薰風。
剛餵好奶的泠，看見靜和彥剛進來，笑容是那麼的晶瑩。
「嗨～小女生小女生……」彥剛熟練的抱起小薰，輕輕拍著她的背。
「學弟，你這兒玩，我去買東西。」
「買東西？我去就好啦。」彥剛聽見小薰輕輕打了個飽嗝。
「產褥墊？」

這……

輕輕逗著可愛的小薰，泠笑著看彥剛。

「聽說，我生產時，很危險，對不？」

「嗯。」彥剛對她一笑。

「靜哭得死去活來？」泠呵呵的笑。

彥剛搔搔頭，不曉得該不該告訴她，自己也哭得幾乎斷氣。

「嗳，躺在手術台上，朦朦朧朧覺得不行了。我想。但是……我像是聽到了小靜在哭。」泠將小薰抱過來，看著她的小臉，無限憐愛，「我這人，背德非行，好吃好玩好男人幾乎都嘗遍了滋味，若是跟著小薰一起去了，倒也沒啥可惜，但是……我放不下小靜。」

泠板起臉孔，「可不許你告訴她，她越發會管著我，越沒有斬節了。」

彥剛大笑，嚇得小薰皺著臉要哭，「笑啥？嚇到小薰了啦！」泠罵他。

在來的路上，靜說，「可不許你告訴她，我哭昏的事情，她會管著我，越發沒有忌憚呢！」

安寧的氣息洋溢。極遠來薰風，吹起。在這夏天的夜裡。有著兒語喃喃的夜裡。

We are family

叫了半天的門，學姊也不出來應，彥剛正擔心著，門突然開了。

「你又來了？」靜對著他皺眉頭。

「喂，學姊，什麼態度啊？」一眼瞥見地毯鋪了厚厚的棉被，小薰可愛的小臉流著口水，彥剛幾乎是衝著跑過去，「啊啊～小女生小女生～」

「學弟，別這麼餓虎撲羊～」來不及阻止，彥剛已經把小薰抱了起來，正要把臉偎上去，靜用包熱熱的東西丟他。

「啊啊……學姊！妳用小薰換下來的臭臭丟我～」靜居然用臭尿布丟他！

「又沒漏出來，叫啥？你不要把油膩膩的臉貼到小薰臉上，」靜警告他，「先去洗了澡再來看著小薰，我也得洗澡。」

等靜從浴室出來，看見連鬍子都刮乾淨的彥剛，抱著小薰笑得像孩子，心裡不知怎地，非常感動。

「小薰怎會在這裡啊？」玩了大半天，彥剛這時才問，靜覺得有點兒啼笑皆非。

「姊姊要出國幾天，沙達又病了。」靜在手腕試著牛奶的溫度，「就把小薰抱回來帶幾天。小薰是個幸福的孩子。」

「是是是，妳和泠姊這麼疼她，她當然幸福啦。對不對呀？小女生？」彥剛眉開眼笑的逗著小薰，小薰笑得足舞手蹈。

「不是的，學弟，你的姊姊妹妹也生小孩，怎不見你這麼疼愛？」

被靜這麼一問，彥剛也奇怪起來。

「緣份吧？」一面餵著小薰牛奶，一面奇怪自己愛小薰的理由。

「因爲小薰是個氣質比較溫厚的孩子，不太會哭鬧，又喜歡人，不認生。每個孩子氣質都不同，卻沒有對錯。但是小薰……」乖乖喝完奶的小薰，凝視著大大的眼睛，像是聽得懂靜的話。

「是的，她因爲氣質，所以出生得到很多人的疼愛。這是好的，幸福的開始。」

原來……自己疼愛小薰，只是因爲她很乖？發現自己不純粹的疼愛，彥剛居然有點不安起來。

但是小薰居然把他的鈕釦塞進嘴裡！「不可以！小薰！」

小薰哭了起來。他哄著小薰，覺得心疼，卻不覺得討厭。

「才不對，小薰哭我也是愛的。」彥剛對靜做做鬼臉。

靜倒是被他逗笑了。

整個晚上彥剛跟小薰玩，靜在旁邊靜靜看著書。臨睡時，因爲太累，小薰睏又睡不著，開始哭鬧不已。

「學姊～怎辦？」自告奮勇要跟小薰睡的彥剛，苦惱的跑進靜的房間。

靜把小薰抱到床上，輕輕拍著哄，彥剛側坐在床上看著。

「唱了搖籃曲，她還是不睡呀！」彥剛很苦惱，不過，沒想到少年時的合唱團指定曲，居然會使用在這時候。

靜抿唇一笑，「她在家，你知道泠姊唱啥哄她？」

「啥？」

「清平調。」

不會吧？

但是靜開始唱雲想衣裳花想容，春風拂檻露華濃。小薰聽了幾遍，大眼睛慢慢朦朧，居然睡了。

眞好。但是跟著聽的彥剛，眼皮也漸漸沉重，睡倒在小薰的身邊。

幸好當初買的是雙人床……靜扯了床棉被，蓋在彥剛身上。

熄燈。

＊＊＊

靜沒讓鬧鐘叫醒，倒是讓一大早玩得唧唧呱呱的彥剛和小薰吵醒。她認命的對著自己笑笑，起來做早飯。

他們吃飯的時候，給了小薰一小片土司，她興奮的又啃又咬，揉糊了滿臉，靜不動聲色的吃著飯，直到靜吃飽了以後，才起身幫她收拾換衣服。

「我娘我姊我妹，每次吃飯都大吼大叫的。」彥剛無限感慨，「要給小孩吃，就不要對著他大罵。你罵他他聽得懂？」

「懂喔。他就懂大人真是不友善的動物。」靜幫小薰換好衣服，擦好了臉，小薰自己拍手，又把胖胖的手塞進嘴裡。靜也沒阻止她，只用了乾淨的濕毛巾擦了擦。

如果這樣叫溺愛，倒是溺愛多些好。靜拿了小薰的草帽出來。

「今天週末……學姊，妳要帶小薰出去？」靜開始幫小薰穿薄外套。

「嗯。帶她去打預防針呀。」

預防針……「妳、妳別想丟下我！等我一下啦～」
看見鋒利的針尖，刺進小薰雪白稚嫩的皮下，彥剛心疼得無可復加。「太殘忍了……這樣對我們小女生……」小薰傷心的趴在他胸前哭泣，害他心痛得不得了。
靜笑了出來。「能不打？」
出了醫院，兩個人不由自主的抱著小薰，往旁邊琳琅滿目的嬰幼用品店逛去。
「你看！彥剛！好可愛的小衣服啊～」靜驚喜的拿起來比給彥剛看。
「學姊學姊，妳看！蕾絲小芭蕾舞衣欸！」
「玩具！」拉著細細碎碎的少女祈禱。
「呵～還有免洗奶瓶啊？」
「呼呼……學弟，可以在浴缸看的兒童書喔！還會浮起來喔！」
兩個人像是忘了自己年紀似的，在這樣的店裡玩得不亦樂乎，不停手的買東西，像是家裡有一軍隊的小孩，渾忘了……
他們也只有小薰而已。
東西太重，本來彥剛抱著的小薰，換猴到靜的身上，兩個都不大笑的女生，看起來很有趣。
走到停車場，風很大，刮得小薰的帽子飛掉了。彥剛接住帽子，笑著回來。

「看這邊！」三個人齊齊望著聲音來源，啪的一聲，弄得三個人像是要瞎了。
「你好～我是XX廣告公司的攝影……」拍照的男子又是打躬又是作揖的，講了兩卡車道歉的話，彥剛揮揮手，覺得也無妨，最後被纏煩了，給了他一張名片。
「照我們幹嘛？」靜覺得不解。
「大概是小女生太可愛了。」彥剛邊逗著小薰。
「靜。」一點心裡準備也沒有，靜看見了正旭。
咦？
「好可愛的女兒……」他的眼中，出現失望和嫉妒，「看來妳過得很好……果然是他。」他橫了一眼學弟。
「是啊，可不就是我？」學弟戲謔著，「有空來奉茶。」
正旭定定的看著靜。若不是鎂光燈的閃光吸引了他的注意，他也不會發現靜吧？靜還是不大喜歡笑，抱著一樣笑容不顯的小女兒，站在仲秋的台北街頭，居然能將一切紛擾，沉澱下來。
長髮在風中飛舞著，抱著和她容顏相仿的女兒。
「我們該走了，風大，我怕小薰冷了。」靜對正旭微微點頭，「走了，學弟。」
本來以爲……自己會出現忿恨，出現厭憎，出現懷念和痛哭……

結果什麼都沒有。正旭真的成了路人甲了。過去付出的心力和甜蜜，痛苦和撕裂，眞的只是夢一場。

這時靜才紅了眼眶。皆是幻影。

彥剛拍了拍學姊的頭，「學姊，回家吧！回我們家。」

看著他們的車絕塵而去，正旭那種不是滋味的感覺，漸漸發酵膨脹。

他已經年近三十了，研究所的學歷沒有想像中值錢，苦苦的還在基層掙扎。

更糟糕的是，每天回到空蕩蕩的家裡，那種沒有歸屬的孤獨，讓他害怕到要發狂。

爲了什麼，他要背棄靜呢？過去甜蜜的溫柔，反過來像是硫酸似的，化成叫作後悔的毒液，侵蝕著他。

那小女孩……本來可以是靜和他生下來的……

幾天後，他看見全版的報紙廣告，那種後悔，強烈的讓他幾乎窒息。

靜抱著天使般的小女兒，定定的看著鏡頭，臉上的笑容淺得幾乎沒有，兩個人的眼睛，都那麼的靈透和黑白分明。

她的丈夫拿著小草帽，也看著鏡頭，臉上滿滿的是太陽般、溫暖的笑意……

底下的標題，寫著「We are family」。

這原本可以是我的笑容，太陽般的笑容。

懊悔，很懊悔。

❄ ❄ ❄

看著廣告，泠大笑起來。「哎呀，可以送進洞房了。」

靜瞪她一眼，「這下好了，跳到黃河也洗不清。」

「我不介意啊！」彥剛在地毯上和小薰一起玩，連頭也沒抬。

歎了口氣，我介意。意雲非殺了我不可。

「這個標題有趣。」泠垂下眼。

靜幫著姊姊疊著小薰的小衣服，泠正在打毛線。小薰呱呱的跟彥剛玩得正瘋。

「誰規定要有血緣關係才是家人啊？」彥剛躺在地毯，小薰趴在他身上吃拳頭，「We are family。」

靜走到外面陽台，抽菸。對著涼爽的秋風，微笑。

深雪之外的耶誕節

一整天，也只有此刻，深雪會將臉上的眼鏡拿下來。

蘭陵王。他會想起靜曾經說過的故事，那個臉上戴著猙獰面具，好將美貌遮掩起來的王者，這樣子的衝鋒陷陣。

深雪看著海報，笑了笑。

靜還是沒有什麼笑容，抱著天使般、同樣沒有笑容的小孩子，靜的學弟卻笑得燦然的走在她身邊。

他叫彥剛吧？翻了翻最近從台灣回報的資料，是的，他叫彥剛。

如果靜真的嫁了……也好。但是靜沒有嫁。所以他隔著遙遠的距離，仍然戀慕著靜。

那小女孩也不是靜的小孩，當然也不是他的。

剛聽到這消息，深雪不禁微微的失望，很快的，他釋然了。若是靜真生了他的孩子，深雪一定會狂喜吧？但是，他要怎樣保護他的孩子？

是的，我自顧不暇。他的左肩抽痛著，已經兩個月了，槍傷仍然會痛。

他捏捏鼻樑，不對，現在不是想那些醜惡現實的時候。現在是我……我和靜獨處的時刻。

靜。分隔了一年，冬天又來臨了。

妳大約忘了我吧？忘了也好。

我也快忘了深雪這個少年。

回到日本，深雪的姓氏名字依父親遺命更改過了，但是那個陌生的名字，他自己都常忘記，別人都只叫他，「組長」。

只有像現在這個時刻，安全的待在自己的密室裡，看著手下從台灣回報的資料時，他才會想起，自己，是，深雪。

靜，我守著承諾，沒讓任何女人看我的眼睛。除了現在的時刻外……我沒拿下眼鏡過。

靜，妳……還是忘了我吧。心裡，卻隱隱的作痛。

今天是耶誕節。深雪將手下從台灣寄回來的資料打開，裡面有幾張靜的照片。

偷拍。呵。靜，妳的深雪，居然這樣窺看著妳，妳是一定要，一定要原諒我的。

一張一張看，然後每一張每一張的仔細看。將他最喜歡的挑出來，微笑。

那是張站在櫥窗邊的照片，穿著黑色洋裝的靜，手裡拿著外套，襯著櫥窗內的耶誕雪景，霓虹繽紛。

淡淡的，幾乎看不到的微笑。面對著偷拍的鏡頭。一身純黑，卻別著噴沙銀的胸針。這是花體的英文字。

漸漸的，深雪的笑容淡了。他奔出去找了放大鏡來，仔細的看著靜的胸針。

My deepsnow。

呵。眼淚不能滴在照片上，照片會壞的。

妳……靜，已經一年了。妳沒忘了我。

妳……靜……

妳知道我在偷偷看著妳，所以……

那張照片，明明是看著鏡頭的……

深雪伏案而笑。聖誕快樂，靜。

＊ ＊ ＊

日本……下雪了嗎？

耶誕節。街上行人往來匆忙。靜卻婉拒了泠和彥剛的邀約，靜靜的待在家裡。

她將框起來的海報掛上，斟了兩杯紅酒。

聖誕快樂，深雪。

那是去年冬天，深雪在她家裡住著，靜替他拍的照片。

睜著貓般大眼睛，一面臨鏡頭就不肯笑的深雪，卻因爲靜拿著鏡頭，含笑。不畏冷的裸著上身，只戴了條古玉穿皮繩的項鍊。

古玉篆刻著隸書，很久很久以後，靜才知道，那個隸書就是……「靜」。

將她的名字，放在最靠近心臟的地方。

靜淡淡的笑了起來。

照片……到日本了嗎？她知道，那些偷偷拍著她照片，偷偷記錄她生活的人，應該是深雪的手下。

不，我不生氣。我反而覺得……深雪，你……

靜伏在膝蓋上笑。

我的深雪，聖誕快樂。

是的，那個在婚宴上，和賓客划酒拳的新娘小花，不但生了個胖兒子，現在小孩都滿月了。

遠遠看著小花抱著兒子，一臉幸福的笑臉，靜慢慢的走向樓梯間，微笑的吞雲吐霧。

不一定班對就註定崩潰的命運。小花他們和靜與正旭……靜皺了皺眉，覺得心上莫名的著了一鞭，手也微微的顫抖。

這是怎麼了？她心裡倒是著了慌。不對，不會的。她和正旭的事情都那麼久了，怎麼可能還會痛？

她有點煩燥。在這樣低沉的心情中，她按熄了手裡的菸，轉身離開。但是大嗓門的小花，卻將她從安全的藏身處拉出來，嚷著要小孩認她當乾媽。

「我還沒嫁。」霸王硬上弓？死小花。

「媽的！我差點難產死掉的時候，妳跟我說啥？現在又不認帳了？」小花一手扠腰，凶巴巴的瞪她，靜笑。

那時小花死了七八成，拚命的出血，氣如遊絲的向她托孤：「看著我的孩子。當他的乾媽，代我看著他。」

「妳若死了，我跟這孩子就沒關係。我會轉頭就走，等著你丈夫討後娘虐待他。」小花睜大了眼睛看她，靜臉上的神情一點點都沒有改變，「想要認乾娘，妳得先想法子活下去。」

小花開始痛罵靜的無情無義，原本漸平的心電圖開始強壯的跳了起來，奇蹟似的存活。

靜扶額，不懂自己怎會跟小花情同姊妹。

「是是是。」她將自己隨身戴著的項鍊給了小孩，「平白賺了個兒子。」

小花俏聲的跟她說，「正旭滾了啦！不必躲著。」

靜訝異的看著她，「正旭來過了？」

「妳不知道？還帶了個好小的女孩子，妖妖嬌嬌，嗲聲嗲氣的，看了好不舒服。」

靜點了菸，他就是偏好這種小女生。奇怪，他為何跟我耗了那麼久，明明知道我跟那種典型相反。

呼出口白煙，笑笑。

「柳澤教授也來了。」

「柳澤？」

剛好有賓客來，小花蝴蝶般跑去招呼，但是靜還是看到了柳澤教授。

當然，他不是日本人，也不姓柳名澤。因爲和漫畫的天才柳澤教授容易發生聯想，學生都這麼戲謔的喊著他。

笑咪咪的柳澤教授，她旁聽過他的英國文學。

「妳是靜，」雖然接近五十了，柳澤教授還是相當的英挺，臉上的和藹沒有略減，「可是我想不起來妳姓什麼。」

靜微微偏著頭，就像當年在課堂上的回答，「老師，我姓楊。還有，您問我這個問題，恐怕五十次不止了。」

柳澤教授摸摸自己的下巴，笑了。

靜扯扯柳澤教授的袖子，頑皮的眨眨眼，「老師，我請你喝咖啡。」

兩個人像翹課的孩子，竊笑著逃離宴會。

「太吵了。」異口同聲。

相對一笑，就像六、七年的光景不存在，靜和教授，常常在下課後，關於雪萊的詩，長長的，意猶未盡的討論下去。

走在仁愛路的紅磚道上，兩旁豔紅的木棉怒放。靜和教授，距離一臂的寬度，愉快的交談著。

然後，一起佇立在新雨初晴的新春街頭，呼吸著台北少有的清新空氣。

「我還記得，靜都坐在前排左邊數來第三個位置。」

靜踢踢石頭，低頭笑著。柳澤教授非常迷糊，縱使他的英國文學造詣甚深，但是人名地名的記憶一蹋糊塗。

「Lord Byran（拜倫），十九世紀浪漫派詩人。唔……他是哪國人呢？先不管了……與那個誰誰誰和誰誰誰並稱三大才子……唔……誰誰誰呢？」台上的教授苦苦追憶，下面的學生開始笑了。

互碰手肘，瞧，教授又「忘詞兒」了。

坐在前排的靜總是會說，「英國。Shelly（雪萊）和Keats（葉慈）。」

爲了替教授提詞兒，靜非預習和複習不可。比念經濟還用功多了。爲了能笑教授，其他的學生也得用心點。

「老師，你……其實根本就是記得，對吧？」在向晚的彩霞中，靜微微笑著看著教授。

明白了靜的意思，摸摸自己的鼻頭，「噯，靜。別說破了。我這隻老驢子，豈不是沒伎倆了？」

他將臂彎伸向靜，「別出賣我的秘密，我還得繼續教下去哪。」

靜笑著將手插進臂彎。

以後幾天，彥剛發現要找學姊，幾乎是不可能的任務。

要不是偶然的看到教授送她回家，他不曉得發生了什麼事情。

看著紳士風度的教授，彥剛輕輕的吹了聲口哨。不錯。但是，學姊怎麼老的老，小的小？

「學姊，找個年紀適當點的如何？這位不錯，但是恐怕有點老。」彥剛歎口氣，深雪也不錯，但是年紀上就有問題。

瞪著他，「你的紅娘病沒有痊癒？看見誰不牽紅線會難過？」

沒理會靜，「學姊，誰啦，他是誰啦？覺得挺面善的……」

靜說了教授的名字，彥剛又輕輕的吹了口哨。

「進展怎樣啦，學姊～」

進展？哪有什麼進展？跟往日的老師，能夠怎進展？不過是喝喝咖啡，吃吃飯，逛逛美術館和博物館，最遠到故宮去。這樣的關係和生活，她很滿足。

所以，教授和她提起離婚的事情時，靜居然有點感傷和不安。

「我和妻子離婚的理由其實滿奇怪的，」他笑咪了眼睛，感傷的看著手裡的紅酒，「她說，再也受不了，成天看著我的後腦勺。」

「我……的確不是個好丈夫。我釘在書桌前的時間，比看見她的時間多太多了。她的寂寞她的孤獨她的不滿，與日俱增。」教授捏捏鼻樑，「婚姻的失敗，是我的錯誤。」

靜看著教授有些斑白的頭髮，溫柔的說，「其實，她應該和你一起坐下來，共同看著書，一起討論。這樣，她看不到你的後腦勺，你們討論的時候，會彼此注視著眼睛。」

教授看著靜，喉頭微微上下了一下，眼眶微紅，「呵。」

靜不再說什麼，只是笑笑的舉杯。

是的，我想太多了，靜寬慰的喝著酒。

如常，挽著手散步。燃燒了半條街的木棉，像是爲了微寒的初春添加暖意。

「靜。如果……如果我讓妳看到後腦勺的機會小點……」教授難得的赧然，卻讓靜在心裡投下撼然。

怎麼？這樣愉快安然的陪伴就要結束了嗎？

我……喜歡柳澤教授。

「我不喜歡看著後腦勺。比較喜歡，和老師一起坐在桌前討論。最好是在台下幫老師提詞兒。」

靜對著教授微笑。

教授看著靜，月亮緩緩的出來，照著他們。靜的髮上身上，有著薄冰似的月光。

木棉落地，悄無聲息。完整的花帶著淡淡的香氣。

在月光下，擁抱。靜流下眼淚。

「不要緊的……不要緊。」教授喃喃的說著，不知道說給自己聽的，還是說給靜聽。

＊＊＊

從那夜起，教授不再見到靜。

這種感傷，讓他不敢若無其事的找靜，自悔失言。

所以，發現靜坐在前排的第三個位置時，他的訝異，無可復加。

「老師，上課了。」靜笑笑的對他說。

其他的學生哄笑了起來，卻沒有人知道他心底的寬慰。

這樣彼此對望，的確是最好的距離。

對著靜，微微笑。開始上課。

歸來

彥剛瞪著死命啃著靜的手的虎紋貓，有點懷疑學姊哪兒找來的雲豹。啃得津津有味，嘖嘖出聲，兩條兔子似的後腿還拚命蹬。

「學姊，妳……收養雲豹石虎都是違反動物保育法的。」他望著那隻追著狗骨頭飛奔的動物，看錯了嗎？難道是狗？

「貓啦。」靜將她喚作貝塔的貓放下，這隻好奇又精力充沛小貓，撲到彥剛的身上，尖尖的臉好奇的嗅聞著他，然後抱著他的手啃咬起來。

果子狸。這臉蛋應該是果子狸！

「去你的。」靜笑了起來，將爬到電視架上的小薰抱著，「被你一說，我們貝塔成了四不像。」

「這害我想起那首怪獸歌。」彥剛歎了口氣。

「呵呵……」靜把小薰抱到沙發上，貝塔也跳上來，兩隻小動物玩將起來，「這樣我們貝塔出場就有了主題曲，有怪獸……有怪獸……」

彥剛也跟著笑起來。

「不會咬小薰嗎？」看他們玩成一團。

「呵，不會。貝塔知道什麼人可以咬，什麼人不能。」學姊笑咪咪的。

風塵僕僕，剛剛從德國回來的彥剛，放鬆的靠在學姊的沙發上。他剛離開遠芳，心裡頭的失落空洞，也剛剛開始。

遠芳……見再多的面也不夠啊……親愛的，親愛的遠芳哪……

強烈的思念，突然侵襲而來。像是惡性感冒，相思成疾。

呆呆的，他沒有說話。

小薰放棄了抓小貓的尾巴，蹣跚的走到彥剛的面前，伸出胖胖的臂膀，「哥。抱。」

抱住了小薰，學姊也在沙發的扶手坐下，用力弄亂了彥剛的頭髮。

學姊……小薰……幸好……

彥剛掩著臉。

「我們在，不要忘了。」

是。還有學姊從獸醫那接收過來的怪獸貓，正咬著他的襪子，表示親愛。

抱緊小薰，仰著小臉，甜美得像是沒有翅膀的天使。

「想都不要想。你想對小薰光源氏，門都沒有。」靜抱走小薰。

「喂喂喂～不要剝奪我唯一可以愛的人好不好？我只剩下小薰了……」彥剛把小薰奪回來，「小薰，哥哥等你長大，等你長大了，嫁給哥哥好不好？」

小薰用力的點頭。

「妳看，她同意了。」

靜看著彥剛半晌，轉頭問小薰，「小薰，把哥哥打死好不好？」

小薰也用力的點頭。

「你看，她也同意了。」

「學姊～妳怎麼可以挑撥我和小薰的感情～小薰，妳愛哥哥對不對～」

「小薰，不要回答這種低層次的問題。」

面對著門裡面的嚣鬧，劍紅站在門外良久。

這趟旅程如此漫長寒冷，門內溫暖的笑語，像是火爐般吸引著疲憊的他。

好想見妳……靜……想看看妳那沉靜的容顏，和少有的、偶爾會破冰的笑容。

靜……

甚至，他渴望看見彥剛。希望再一次，和他唇槍舌戰。

終究，他沒有按電鈴。只是在門口抽完了懷念的維珍妮。自從他選擇了以後，他知道，這個門後面的一切，跟他就沒有什麼關係了。

久違的台北街頭，如此寂寥的燈光和沉默的人群。

他回到公司上班。

默默的，像是他從來沒有離開過似的。

但是接到靜的電話，他心裡卻激動得非常厲害。

「靜。」叫完了這一聲，他哽住了。

「回來了？既然來到我家門口，怎不進來坐坐？」

「妳知道？」

「我在門口撿到你的維珍妮。抽到一半就丟掉。隨便亂丟菸蒂，我會被鄰居念的。」

呵。靜，靜的聲音和沒有表情的風趣。

「我好想妳。」

靜輕笑一聲，沒有說話。

下了班，他走進附近的小酒吧。曾經在這裡，為了時月喝得爛醉。他為什麼不記得，爛醉時是誰扛著他呢？

「靜。」

神情自若的靜，嘴角彎著幾乎看不見的笑容，舉了舉杯子。

「螺絲起子？我也一樣吧。」

並肩坐在一起，就像這些日子的分離不存在似的。

不知不覺，劍紅開始說起大陸的工作和風光，但是對時月卻隻字不提。

焦慮的，將所有的話題都說完後。慌張的沉默降臨。

但是靜只是又叫了杯螺絲起子，然後對他一笑。

「哪，這是小薰。」靜把小薰的照片給劍紅看，他像是被焦雷打著。

那當然啦……當然……這些年了……

誰的孩子？深雪？彥剛？

劍紅突然強烈的想逃離。

「我姊姊的孩子。很可愛吧？旁邊那隻是我的貓。」

大大的鬆了口氣。又爲鬆了這口氣感到羞愧。

「好可愛。」

翻著相本，他看著天使般，剛滿周歲的小女孩。這神情，這種雪白，居然讓他……讓他想起時月。

時月……

「妳不問我嗎？」劍紅開口。

「問什麼？你想說就會說。」靜閉上眼，回味著甘芳的酒香。

趴在桌上，劍紅沒有哭。只是……累。非常累。和時月相互的傷害，像是沒有止境的循環。

靜看著劍紅過肩下的頭髮，散亂得像是稻草一樣。拿出梳子，細心的替劍紅梳頭。

一下又一下，愛撫似的梳理，劍紅閉上眼睛。他相信，靜對他，不是沒有感覺的。

這麼久的疲勞……神經緊張的爭吵……他和時月，總是在爭吵。時月怕孤單，討厭他加班晚歸。她要劍紅全心全意的待著她，但是酷好自由的劍紅只覺得窒息。伊錚的追來，說不定讓劍紅鬆了口氣，但是劍紅還是打了他。

時月尖叫著抱住了伊錚，當夜就離家出走。

又回到原點。他還失去了靜。

「現在還來得及嗎？」劍紅喃喃自語著。

「什麼？」靜從皮包裡拿出條帶子，替劍紅紮了馬尾。

「再追求妳。」

靜點燃了菸，在雪白的煙霧中看著他。

一同走出酒吧，劍紅想挽著靜，靜微微的退了一步。

「我想走走，你先回去吧。」

太急躁反而誤事。劍紅聳聳肩膀，微微笑，摸摸靜的長髮，轉身離開。

靜也微笑，望著劍紅的背影。

嗯……那條凱蒂貓的髮帶，本來要給小薰的……給劍紅綁起馬尾，居然不錯看。

只是劍紅一路上都不知道背後有大群的路人在偷笑。

原諒？劍紅又不是我的誰，有什麼好原諒的？

只是……對於這個朝秦暮楚，感情拖拖拉拉的小男人，有點兒不爽罷了。

劍紅馬尾上飛舞的凱蒂貓……靜終於大笑了起來。

想到了家裡的貝塔貓，她輕輕哼著，「有怪獸……有怪獸……」

他的馬尾上，也騎著滿街都看得到的凱蒂怪獸。

呵。

逝而不傷

悄悄的走進月季的病房，向來強勢冷淡的她，閉著眼睛，卻有著蒼白的脆弱。

大夫說，月季只是悲傷過度，並沒有什麼大礙。看著瘦得支離的月季……

什麼叫作沒有大礙？醫生看不出來，她的生命力正在蝕沙似的毀損？

「靜。」她睜開眼睛，沙啞的喚了她一聲，「我一直在等妳。」

靜過去握著月季的手。她沒有哭，臉上淡淡的笑容，淡淡的。

「哪。謝謝妳的紅樓夢。慶平去了以後，我又看了幾遍。好像又回到和他一起的光陰，真是好，繁華盡是夢一場。」她將枕下的書遞給靜，手微微的發抖著。

紅樓夢……「留著吧。原本我就說要給慶平的。」靜不肯接。

「呵呵……」月季笑著，卻也慢慢的蜿蜒了一線眼淚，「留著……每看一次，我的心臟像是要撕裂一樣。靜，拿回去吧。我要徹底的忘了慶平，要不然……無法自殺的我，沒辦法活下去。」

「遺忘就好了嗎？」

月季點點頭。靜也只是握著她的手，「做妳最想做的事情。妳知道，我在妳身邊。」

月季投進靜的懷裡，盡情的哭了起來。

辭去了南部分公司的工作，月季居然就此消失了。

看著靜因此悶悶不樂的彥剛，心裡頭好生不忍，「學姊，每個人都有自己的道路，何必爲此吃不下睡不著？」

站在落地窗的前面，半轉身子，臉上落著清楚的明暗，靜的臉上，居然盤據著眼淚。

「學姊！」彥剛慌了手腳。

「對不起……借我靠一下……」靜靠著彥剛的胸，盡情的哭了起來。

什麼都不長久，尤其是幸福和愛情。反而不幸和毀滅總是如影隨形。

月季……

「他們在一起的時候，我比誰都高興。」輕輕的，藏在啜泣裡的訴說，令人心疼，「因爲他們代表一種可能。但是……失去時，卻分外的讓人……那是不是，一開始就不要有，將來就不會有心痛和悲哀？是嗎？是嗎……」

「學姊……」彥剛輕輕的搭著她的肩膀，正好聞到靜的淡淡香氣……心底不知怎地，突突的跳著。

靜離開他的懷抱，臉上又凝了層薄冰。淡漠的。

「對不起……嚇到你了。」靜微微的欠身，要離去。

「學姊！」彥剛在她身後大聲的說，「我在的！我永遠在的！妳試著相信我看看！我在的！」遠芳……是的，我有遠芳……但是這不代表我就得丟下學姊……「我會讓妳能相信的！我和遠芳都會在……」

靜回頭，微微笑笑。

「如果你還願意試著相信我看看，不管我們在不在一起，我也會在的。」劍紅正色說，懷裡抱著貝塔。

靜抱著膝蓋，坐在地毯上，眼神迷離。

「我相信妳和彥剛此刻的願望都是眞的。」

願望。如果所有的願望都會成眞……不過，她還沒有這麼天眞。

劍紅低頭搔著貝塔的下巴，貝塔發出貓特有的咕噥聲。

「妳可以看著。」劍紅直直的望著她的眼睛。

短短的，靜微笑一下，點燃了白霧朦朧的菸。

好幾夜她睡不好，醒來總是悲哀的感覺。

月季……妳在哪裡？

整夜不成眠，擔心的她，起來在電腦上寫了文章：「尋找月季」。然後發到網路上去。

月季。妳在哪裡？妳說要將往事沉沒到西子灣底，但是妳爲何滅頂在人海中？

月季，月季……

幾週後，靜看到了意外的訪客。

月季。

臉上淡淡的化了妝，連笑容都若有似無。但是……她臉上那種哀絕，卻也漸漸淡了。

「靜。聽說妳在尋找我。」

「呵。誰告訴妳的？月季，妳怎樣？過得如何？」並肩站在樓梯間抽著菸，月季緩緩的拂了拂頭髮，微微上揚的眼角出現了過往的媚然。

「不曉得哪個白爛把妳的文章轉貼了又轉貼，竟然轉到我的信箱去了。我的名字可出名了。」

呵。靜笑了出來。她向來痛恨的盜轉，居然替她將訊息轉交給月季。

「妳也上網路？」雪白的煙霧中，靜覺得安心。

「嗯。慶平教我的。他的年紀雖大，對於新的東西，可都抱著非常大的興趣唷！」月季笑咪咪的。

臨走前，月季給了靜張名片。

「這是我開的小店，有空來玩吧！」月季抱了抱靜。

上面寫著「蝴蝶養貓」。

走進蝴蝶養貓，發現是個奇特的店。

應該是咖啡店吧？因爲溢出咖啡的芳香。她知道，月季煮得一手好咖啡。但是整個店裡有著許多的蝴蝶。

不是標本，而是精心的，用著各種材質各種方法做出來大大小小的蝴蝶，天花板漆著深邃的藍，像是鳶尾花般的鵝絨。一串豔黃的小蝶橫過鬱鬱的人工大空。

兩隻美國短毛貓在地板上嬉戲著，客人理所當然的跨過糾纏成一團的兩隻貓，安靜的落座或找書。

然後是一架一架的書。漫畫，小說，甚至厚得像枕頭的古典文學。一整排不同版本的西遊記、鏡花緣，當然，還有紅樓夢。

輕輕的放著音樂，陳昇。

月季在櫃台後面微笑，「等我一下，我這邊快登記好了。」飛快的，將顧客的資料打進電腦裡，這本來就是月季的專長。趁著這時光，她瀏覽了數目其實不多的書。

等月季笑著端著兩杯咖啡過來，靜已經逛過了整間店。乾淨的採光打下來，翻書聲，細碎的笑語聲，還有陳昇淡淡的歌聲。那兩隻貓竄上來，坐在另外兩張空白的椅子上。

「書不多。」靜喝了口咖啡。

「是不多。租書只是一部分的業績呀。」月季笑笑。

「但是，都是我想看的書唷。」靜也笑笑。

「也是我想看的書。」

一個女客笑著走過來，想要買珐瑯製的蝴蝶胸針，月季迎上去，幾個高中小女生嘰嘰聒聒的也要租書。

剛好隔壁桌的客人猶豫著想再叫一杯咖啡，靜站了起來，過去招呼。和月季交換了一個眼神，開始忙碌。

等忙完，已經過了午夜。

回到月季的家，一開燈，靜驚住了。

像是把高雄的家徹底拆回來似的，月季頹然的倒在和室裡，靜也累得倒在她的對面。靜靜的夜風穿梭，像是西子灣的浪潮也在熟悉的佈置中一併帶回。

「喜不喜歡我的店？」月季微笑著。

「太喜歡了。」

「……那些蝴蝶……都是慶平留給我的東西。」

靜猛然的坐了起來。

「月季?!」

「呵呵……不要太驚訝……」月季笑咪咪的，「慶平做這些，並不是想讓它們在保險箱裡虛度的。胸針、項鍊、戒指、畫、擺設，這些都需要放在適合的衣服頸項手指上，適合的家裡帶來歡喜的。」

她望向虛無，恍恍惚惚的微笑著，「慶平……是個多才多藝的人喔。他會畫、會捏陶土和麵包花，景泰藍也難不倒他。剪紙更是厲害呢！他才不用打樣……」

月季把放在胸口內的皮鍊拉出來，上面穿著一隻精工待飛的銀蝶，「這是他設計的，漂亮吧？」

「把他的東西散出去……讓別的人也知道，慶平是這麼厲害，這麼有才華的人。讓他當了一輩子商人，那是不得已的家業，實在埋沒了他……」

靜也跟著微笑。

「都是蝴蝶？」

月季居然露出少女羞澀的表情，「因爲……他老是說，我是他的蝴蝶……」

接下去，她既說不出口，也不想跟別人分享。

「月季，妳是我的蝴蝶，在我所剩下不多的日子裡，有著短暫而明亮的燦爛。」

所剩不多的日子……他們，整個台灣跑遍的追蝴蝶。慶平最後幾個月，醫生強烈的反對他出院，他還是出院了。

月季開車，帶著點滴、醫藥、氧氣筒等等醫療用品，載著慶平。

堅持要到玉里的水源地找夢幻中的蝶群。

水源地車子開不進去，有一段路都得步行，遠。但是慶平不肯放棄。幾次臉色發青，月季害怕起來，哭著要他回頭。

「月季，妳覺得，我死在追求夢幻蝶群的旅途上好，還是死在醫院的消毒藥水味中比較好？」慶平滿頭銀髮發亮，「親愛的月季……陪著我去……」

終於到了目的地，整群整群豔黃的蝴蝶啊……盤旋在冰冷清冽的溪水中，薄冰似的粼粼春水。深深的飛進潺潺的深山溪流中，非得溯溪無法到達的源頭。

整群帶狀般，循著看不見的路線，飛舞。有些就掉落到水面，殘翅若鮮明落英。

沒有帶相機的他們，卻將整個攝進大腦裡。回去後，慶平製作了那串飛舞的小黃蝶。

慶平沒有死於疲勞的旅程，卻死於意外的不當醫療，這讓她分外的戚傷。

「究竟……慶平怎走的？」靜靜靜的問。

「盤尼西林過敏。」月季苦笑著，「眞是死得莫名其妙，對不對？」

但是靜卻是笑著的。

「笑什麼？我知道，妳笑我。原本決心遺忘慶平，結果卻對他的一切嘮嘮叨叨整個晚上。」

「我不是笑妳。只是……慶平若是這樣被妳遺忘，我會很難過。」

望著垂下眼瞼的靜，月季把眼睛挪到天花板的隱約水光，「我本來以爲，只要忘記，就什麼事都沒有了。事實上。刻意的遺忘只讓我更痛苦。」她輕輕撫摸胸前的銀蝶，「爲什麼他的死，讓我這麼難受呢？不是一開始，就知道他只這麼些年可活了？」

「因爲……我無法接受，曾經有的快樂時光，再也不會有重回頭的日子了。這讓我憤怒惶恐。我眞的再也見不到慶平了……這些快樂都不會再出現了……」緩緩的眼淚橫過臉頰。

「眞想他。卻只能壓抑著自己不想。這反而痛。在這種無止境的想念中，我反而能吃能睡能工作。就好像思念他就會存在。是啊，他憑著我的想念還存在著。」

「臨終前，慶平要我再去找尋我的下一個幸福，那時哀慟的我，只覺得慶平不但不相信我，反而這樣侮辱我對他的愛意。」月季溫柔的笑了起來，「現在冷靜的想想……慶平是對的。」

「最近，我常想起初戀情人。對他的深刻的愛情，之後憤怒的怨恨了幾十年。我……我不是因爲失戀而痛苦，而是因爲……他剝奪了我們美好回憶的再製。」

靜的心底一動，突然想起，他。

因爲愛的那麼深過，所以……失去後，她再也無法相信任何人的愛情。

「我忽略了……即使愛情終究要凋萎腐敗，但是，過去的美好，已經刻劃在過去的時光，那是會深深留在記憶裡的，什麼也改變不了。即使是淡忘，什麼都會失去，什麼都會不見……但是愛情的甜蜜和腐敗，都存在過往的時空中了。我怎能記得腐敗，而忘記曾有的甜蜜？」月季笑著，同時啜泣著，「浪費了幾十年怨恨……我眞是個笨人……」

浪費了時光來怨恨……

靜當晚回去，反覆咀嚼這句話，不得成眠。

就在她快淡忘整件事情的時候，翻出了一朵蒙塵的紙製紅玫瑰。栩栩如生，只欠缺香氣的豔開著。

如果沒記錯，這朵紅玫瑰到她手上時，飄著淡淡的玫瑰芳香，雖然是人工的花朵，人工的香氣，但是靜還是感動的。

這是和正旭相愛的第二年，他親手做給靜的情人節禮物。

第二天，正旭還莫名其妙的發了脾氣，她的記憶很是鮮明。

香氣……她湊近玫瑰，殘存著極淡的氣味。但是也看到了花瓣底部有著細小的字跡。

每片花瓣都有細小的字跡，她轉動著，看見最外部的花瓣上寫著：「靜女」。

每片花瓣都是詩經靜女篇中的一句。環繞著完成了整個靜女篇。

怔住了，靜。

她曾經愛過他，曾經苦毒的恨過他。但是他也……他也曾……

十幾年了……她現在才發現，這十幾年前的愛意，她要用什麼還？到底要用什麼才還得起？

愛情終歸要消失，但是曾經刻劃在過去的，沒被發現的愛意，要怎樣才償還得起？

很大的淚滴落在玫瑰上面，盈盈的，像是初春的朝露，閃閃。

朝露……遲早會消失於晨光中，卻不能消失，曾經存在的事實。

蝴蝶養貓

「靜，要不要過來幫我？」

在蝴蝶養貓安靜的午後，月季捧著杯子，笑笑的說著。

安靜的，日光斜斜的從窗格緩緩的在地板上行走，店裡只有幾個客人零落的坐著。

月季又瘦了一圈，一個人撐這麼一家店，是有點兒累。

靜爲難的笑笑。

「不用現在回答我啦，等妳想一想。雖然蝴蝶養貓眞的賺不到什麼錢……」月季搥了搥背。

要不要過去幫月季？我喜不喜歡蝴蝶養貓？

當然，喜歡的，非常喜歡。

臨著辦公大樓往下看，滿街的車子和行人匆忙。她盯著現金帳發呆，不明白怎會差了五塊錢。

爲什麼我要爲了那五塊錢的誤差，神裡神經的查了一尺厚的單據？浪費這些認爲理所當然的時間……

她還是查出了漏失，但是一個下午就過去了。

從來沒有喜歡過會計的工作。但是既然工作難找，當了會計以後，就無可無不可的繼續下去。

這份工作什麼地方值得留戀呢？

安定？或許吧。

下班，習慣的等學弟開完最後的會議，她坐在會客室，耐性的看著書。彥剛一臉疲憊，和靜一起在光害嚴重的台北夜空下伸展著身體。

「好累喔～」彥剛喊完了以後，「學姊，吃飯吃飯～」

他們去吃了飯，然後一起開車回去，聊聊工作，聊聊最近看的書，靜發現，這是一天當中，她最喜歡的光陰。

彥剛會在靜的家裡賴到該睡了才走。

若是過去蝴蝶養貓，這些時光就會消失了。

靜心底有點恐慌和哀戚。

但是月季因爲工作過度而倒下的那一天，靜終於下了決定。

對於這個決定，彥剛先是瞪大了眼睛，然後嚷了出來，「學姊～妳要想清楚～那個店賺錢嗎？」

靜微微的笑笑，「慶平留了些房子現金給月季。月季打算將這些錢虧完了事。」

「虧完？」彥剛覺得不可思議，這不像是一向穩健的學姊該做的事情，「學姊，那妳準備去做什麼？」

「投注資金，陪著虧啊。」靜把辭呈寫好。

「學姊！」彥剛眞不知道靜中了什麼邪。

「別擔心，」靜對他燦然一笑，「若是不想陪著虧，當然要想辦法賺錢，對吧？」

彥剛凝視著她，一點點的不捨，開始擴大。

再也沒有機會和學姊一起回家了嗎？

遞完辭呈，沉重的沉默籠罩著他們倆。

唯一贊成的，居然是姊姊。

泠看過了店以後，說，「還需要多少資金？」

靜笑了，「現在還不用。以後就說不定了。」

「來找我。」泠俏皮的笑笑。

「一定。」

姊妹倆在豔黃小蝶底下，啜飲著曼特寧。

月季興高采烈的，「早就該昏倒個幾次。」

靜瞪她。

店的生意不一定。客人起起伏伏的，許多昂貴的精裝書租出去就沒了蹤影。爲了對於咖啡的堅持，月季的咖啡豆，比別人貴好幾倍。默默的算著帳冊，靜咬著筆桿。先換了家咖啡豆的供應商，邀了月季去看，然後用便宜一半的價錢買到相同品質的咖啡豆。

「妳哪來的門路？」驚喜的月季問。

「呵。網路找來的。」

先節流。進書也盡量進中古書，除了書以外，連雜誌都在租借的範圍內。

「這些精裝書不借出去了。」

「爲什麼？」月季有點不開心，她希望慶平喜愛的古典文學，也能讓別人喜愛。

「喜歡的人，來店裡看就好了。借出去就丟掉，對於以後想看的人很可憐欸。」靜哄著她，「留在這裡嘛，這些書好難買……」

接著規劃了古典文學的讀書會，本來以爲沒有人會來，沒想到還有三五個人定期聚會。這讓月季大大的高興起來。

廣告。靜衡量了廣告預算，刊登在跳蚤市場上，這是不用錢的。鄰近幾間學校，她拜訪了校刊的主編，然後將她們的「蝴蝶養貓」刊登在校刊上。

透過了劍紅，居然也有媒體記者來拍照採訪。彥剛則做了個網站當作賀禮。

靜將報導的新聞，精裝的貼在美美的剪貼簿上，立在門口的看板上，來往的行人可以翻閱，menu貼在玻璃上，每天換不同的蝴蝶作品照片。

漸漸的，這個小小的店，居然有了一點點名聲。

但是月季和靜就更忙碌了。

靜常常要騎半個鐘頭的車，才能疲累不堪的回到家裡，貝塔早餓得直叫。餵好了貝塔，清好貓沙，靜已經累得不堪，洗完澡只能上床去睡。

幾天沒見到學弟了？多久沒看到小薰了？姊姊呢？劍紅呢？

她知道他們都會好好的，但是靜就是……就是想看看他們……沒有力氣繼續想下去，她沉入疲勞的夢鄉。

等到九點起床，彥剛早就上班去了，她整理整理，十點半準時去開店門，然後一天又開始。

月季要她乾脆搬過去住，「在路上幹嘛這麼跑？我家就在店的二樓，可以節省很多奔波，不好？」

靜喜歡自己的家。雖然彥剛不來了，劍紅不來了，但是她還是喜歡自己的家。

醒來，發現整個屋子空蕩蕩的，不像以往充滿人聲笑聲，靜不知不覺的啜泣了起來，自己也吃驚。

我只是太累了。

但是一到了蝴蝶養貓，整個店生氣蓬勃的樣子，又讓她將懊惱丟到九霄雲外。

輕聲細語像是圖書館，但是飄著芬芳的咖啡香。幸福。

有時連木質地板都有人聚精會神的坐著看書。

「我們開始賺錢了。」靜把帳冊一合，微笑。

月季拍起手，像是個小孩似的。

靜微笑，覺得裙角有人拉著，低頭，小薰專注的看著她，說，「姨。」

小薰？靜俯身抱住她。泠也笑著，走了進來，提著蛋糕。

「生日快樂，靜。」

我的生日嗎？

彥剛和劍紅也走進來。

意外的生日派對，每個客人都吃到了意外的蛋糕。

圍著櫃台笑著，暖烘烘的情誼，忘情的，靜吻了月季，吻了泠，當然也吻了彥剛和劍紅的臉頰。

彥剛開車載靜回家，劍紅載泠和小薰。

在車子裡，靜少有的多話，像是這段日子的事情，要全部傾瀉在難得的相處上。

第二天再醒來，還是孤單的一個人。靜伸手拿菸，卻沒有再落淚。

這是自己選的路，哭什麼呢？

傍晚。彥剛卻走進蝴蝶養貓。

「學弟？」

「嗨，兩位美麗的小姐，妳們是不是要請工讀生啊？」他揚了揚原本貼在外面的廣告，「要不要考慮用我勒？晚上七點到十二點半？」

靜沒說話，在櫃台後面洗著杯子，但是微微彎起的嘴角透露了她的情緒。

還是學弟載她回家。

「謝謝。」靜對他笑。

彥剛也笑了，他喜歡學姊的笑容。揮揮手，他三步併作兩步的爬上樓。

但是靜的笑容卻蒼白的消失了。對於這種依賴。

她回到家裡，睜著眼睛失眠，抽掉了兩包三五，煙霧瀰漫，就像她的心情。

抉擇

等靜發現的時候，劍紅天天接送小薰到保母家，沒事就往泠那裡跑。

靜把詫異放在心裡頭，卻沒有去聞問。

姊姊和劍紅都是大人了。難道他們的交往還需要我批准麼？

但是劍紅卻先跑來找她。

「有事？」早上十點，蝴蝶養貓的人還不多。劍紅盯著靜，良久。

「靜，我在跟泠交往。」

關我什麼事情？

「我……我想向她求婚。」

靜沉下了臉。

「是你們兩個人的事情。不過，劍紅，若是時月又回心轉意，你打算拿我姊姊怎麼辦？」

「這一次我不會了……」

「我不相信你。」靜冷冷的看著他，「你追我，然後回到時月身邊，時月不要你，你又回來說要追我，現在你告訴我要和我姊姊結婚。劍紅，你到底知不知道自己在做什麼？」

「我當然知道！靜！我知道我對不起妳……」

「你沒有對不起我。那是因爲我沒有接受你的追求。萬一我接受了呢？」

「我……」這麼冷的天氣，劍紅額上卻流下豆點大的汗珠。

「你到底愛我姊姊哪一點？一個現成的家？」

「不、不是！我就是被冷迷住了……」天啊，要怎樣靜才瞭解？他一直以爲靜是他想要找的那個人，但是……見了泠之後……

他才知道，泠就是他夢中的那個人。

「我知道，我比泠還小，我也知道泠的所有過去，說不定泠只是跟我玩玩而已……」

沒有防備的，讓靜憤怒的打中右眼，他從吧台的椅子跌了下去，發出嘩啦啦好大的聲響。

「你聽清楚……」生氣的靜連聲音都發抖，「姊姊從來沒有跟任何人玩玩……她每次的付出都是眞誠的，懂不懂？你懂不懂？你若不懂的話，我會多打幾拳讓你懂！」

月季慌張的拉著靜，劍紅捂著眼睛，嘴角因爲跌下來的時候擦破，流了一點點血。

但是他在笑。

「眞的嗎？泠也是認眞的嗎？太好了……」

泠姊會嫁給劍紅？若是眞的，當然沒有什麼不好。劍紅有經濟基礎，泠姊和小薰都不會吃苦。

靜望著杏花春雨的窗外，隨著雨滴，她的心裡也迴響著雨聲。

但是她沒有問泠。姊妹再親，有些事情還是不能太逾越。

「聽說泠姊和劍紅在一起……」彥剛跟靜說，靜只是說，「是嗎？」

「這麼擔心？」和學姊在一起久了，他曉得靜冷靜下的不安。

「擔心也沒用。」

「但是，妳就是擔心。」彥剛拍拍學姊的背，「泠姊比妳機靈，安啦。」

但是泠卻要跟劍紅結婚了。

「不問我？不祝我幸福？」泠來找她，淺笑著。愛情滋潤下的她，容光煥發，像是新的人一樣。

「姊，祝妳幸福。」靜端了杯曼特寧給泠，月季笑著抱小薰玩。

「不問？」

「該問什麼？」靜笑笑。

「我要跟劍紅結婚了。劍紅以前，追過妳吧？」

靜點頭，「但是我沒有答應過。」

「就因爲妳沒答應過，我才接受他的。滿街都是男人，姊妹可只有一個。」

靜微笑，「怎會想要再婚？」

轉著手指上的戒指，泠淡淡的笑，「他答應了許多奇怪的條件。我要財產分開，他和我上法院去公證。我要先把離婚同意書簽好，他不但簽了，還預設離婚時要付多少贍養費給我。他疼愛小薰比我疼愛的厲害。我不知道該怎麼拒絕他。」

「只要說，我不愛你就好了。」

看著靜少有的促狹，泠先愣了下。

「呵……妳這丫頭。是的，我愛他，所以沒有拒絕他。」

愛……期限能多久呢？對於劍紅，靜沒有信心。

「放心。」泠露出信心十足的神情，豎了豎大拇指，「離婚同意書都簽好了，萬一不行，我還可以捲一大筆的贍養費，拿來投資給蝴蝶養貓。」

月季臉上出現光彩，「眞的嗎？泠姊～～～我最愛妳了～～什麼時候會不行？什麼時候？」

靜眼睛一翻，她眞受不了這個合夥人，「月季，妳夠了沒啊?!」

泠沒理她，笑嘻嘻的跟月季說，「說不定很快喔！」

「姊!!」

眞是……跟她們相處，胃不痛也難。

原本讓月季抱得好好的小薰，突然出現嚇了一跳的神情，掙扎著下地，「要找媽媽啊？」月季笑著，把她放下來，她卻往著剛好有客人進來的門口衝出去。

「我去追。」靜把抹布往櫃台一丟，衝了出去，沒想到，小薰可以跑得這麼快。遠遠的，看見她跌倒，一個清秀的男子將她扶了起來。

「小薰！」靜追上去，那人將小薰交給她，眼神卻出現深深的悲哀。

悲哀？對著小薰嗎？身上掛著市療院的名牌，上面寫著：楊瑾。

轉身離去，他……那雙纖塵不染的眼眸，讓靜想起千山萬水外的貓眼睛。

深雪。

讓哀傷突然襲擊了，靜張大眼睛，讓火燙的液體收斂回去。

原本沒有表情的小薰，突然嗚嗚的哭了起來。

「再見……楊瑾……再見……」靜驚訝的望著小薰，她強忍住嗚咽，抽泣著。

「小薰……妳……妳說什麼？」

那種悲慟的神情一下子就退了回去，茫然的小薰，似乎搞不清楚自己爲了什麼哭。

「球。球球。」她指著街邊五顏六色的氣球說。她明明聽到……明明……這個幼小的身體裡……

曾有過怎樣的精魂？怎樣不能夠忘記的愛意和眷念？
默默的回到店裡。劍紅來了，看見她，尷尬了一下子。
「來了？」她對劍紅笑笑。
她也煮了曼特寧給他。
「劍紅，對我姊姊好一點。要不然，下次是你的左眼。」靜笑笑的說，劍紅羞紅了臉，笑。
「不試試看，怎麼知道呢？」
「說的也是。」彥剛笑著，「沒有去試著愛看看，怎麼知道合不合適？」
說完了這句，兩個人居然一起沉默了下來。
靜點燃了菸，車子裡瀰漫著三五的煙霧和香氣。
營造著，非常安全的距離，填充著窒息的安靜。
沒有試試看……
用力的呼出一口煙，像是這樣就可以把心亂一起呼出去。
不讓這種念頭繼續迴響。連彥剛都點燃了菸。
煙霧茫茫，就像他們倆的心情。隱隱。

兩個月亮

靜縮在床上，不願起床，只覺得頭痛。

蝴蝶養貓的星期一，是她和月季的假日。有班可上的人都早早的去上了班，只剩下她伴著貝塔。

貝塔玩著個軟軟的海綿小球，不亦樂乎。

昨夜月季邀過她，想要一起跟讀書會的朋友去走走。但是靜知道，那個含蓄的攝影師，鍾情著月季，她怎好去礙事？

所以她現在躺在床上，爲了自己的怠惰厭倦著。

玩膩了小球的貝塔，跳到床上，朝著她的耳朵和臉猛舔，「別鬧，貝塔……」靜像小女孩似的笑了起來，怕癢的她，不停的縮著。

抱住了貝塔。呵，只有貝塔有力量讓我起床。

餵貓、清貓沙、給自己準備早餐。貝塔趴在她肩膀上，饒有興味的看著靜忙來忙去。

抱著牠，看著牠隨光線變化的瞳孔，變成靜這一整天，唯一記得起來的事情。
睡了個午覺，又是燦爛的晚霞滿天。
「貝塔，你是不是想問，怎麼了？」
貝塔貓喵了一聲。
「如果我知道怎麼了，也許我會好過一點。」
牠用臉跟靜磨蹭著，閉上貓眼的嘴巴，看起來像在微笑。
突然，牠豎起耳朵，跑到門口，歡欣的喵喵叫。
靜疑惑的開了門，看見彥剛在外面。
兩個人隔著門愣了一下。在彥剛的瞳孔裡看到和自己相同的驚慌。
靜很快的恢復過來，開了門。
「今天這麼早？我沒做飯喔。」
「嗯。是啊。公司沒什麼事情，所以……不要煮了，我們去外面吃。」
公司沒有事情？彥剛有點心虛。剛剛推辭會議時，經理的臉色實在難看。
但是……昨天，前天，他回家去了，所以沒有看到學姊。
將遠芳的照片拿出來端詳著。他的心裡，相當的惶恐。不知道。我不知道。他掙扎著，什麼事情都沒有。

但是學姊的眼神卻和他一樣驚慌。雖然只有一瞬間。

現在看著坐在身邊的學姊，她的神情，那麼的安然，沒有什麼波動。但是她又開始抽菸了。

草草的吃過了飯，一切就和往常一樣。輕聲的說笑著。

「回家？」彥剛問她。

「去淡水？」靜安然的笑笑。

好。

到了淡水，初春的海洋，漂浮了一點點冬天的氣息，有點頹唐而隱隱的霧氣，還有殘留的寒冷。

站在堤防上，靜看得極遠極遠，月亮緩緩的映在海面上，平靜的海洋，也倒映著相同的月亮，蕩漾。

火光一閃，隱隱的煙霧。

學弟安靜的在沙灘上漫步。看著他，靜的心裡，掠過這些年相伴的往事。

一起笑，一起哭。一起迎接小薰的出生，一起成爲家人。

家人……她開始無法想像沒有學弟的日子。

學弟。彥剛。

將手放在口袋裡，握著別針。那是昨天在信箱裡找到的。沒有署名的別針，閃著碎鑽的別針。

那是一枚雪花晶體狀的別針。緊緊的握著，握得幾乎流血出來。

深雪……

眞奇怪，這個時候，靜居然開始想念深雪。天上的月亮讓如飛的絮雲蒙住了，漸漸的隱去復光亮。

水裡的月亮，如斯的蕩漾著。

回頭看著堤防上的學姊，彥剛的心裡，有種溫柔，卻也害怕的情感。

家人。嗯。對的，學姊就是我的家人。也就是我的家人而已。不能有什麼……

經過了這麼多的事情，甚至學姊不顧一切的替他找回遠芳。

遠芳……遠芳還在德國等著我，所以……只能是家人。

學姊。靜。

永遠都是我的靜學姊。他蹲在沙地上，無意識的畫著。靜輕輕拍了他，「學弟，冷了，別蹲在沙地上……」看見彥剛寫的。

問世間情為何物

一下子，抽離了身魂，喃喃的，「相聚趣，離別苦，當中更有癡兒女。」

哪有千里不散的宴席。

驚覺臉上有著溫熱的液體在爬，靜驚訝的撫了撫臉。雲去如飛，篩下雪片般的月光，在靜的臉上飛舞著明暗。淚也因此一閃一閃。

靜……

彥剛扶著靜的肩，面對面看著。不要再哭了，靜。這樣悲傷的表情……

能不能由我……由我……

由我來終止呢？

漸漸的接近她的臉，覺得她蒼白的嘴唇，有著柔軟優美的線條。

春寒料峭……只有兩個人臂上交替的體溫……

「鈴～鈴～」行動電話的聲音，把兩個人嚇了一大跳。

尷尬的拿出電話，「喂！」被打擾的彥剛，情緒實在不好。

「彥剛！你這混蛋！營業會議敢不到席！我差點被老總K死！你要給我個理由，要不然我鐵吃了你！」經理在電話那頭大喊大叫。

靜先笑出了聲音。彥剛也跟著笑了。

兩個人在靜靜潮浪的淡水海邊大笑，相擁。

幸好。

「遠芳不知道看不看得到。」靜背著手，看著月亮。

「應該看得到吧？全世界的月亮都是同一個。不會比較圓，也不會比較扁。」

「希望深雪也看得到。」靜微笑著，「我想念他。」

彥剛把外套脫下來，給靜披著。

「不曉得他們那裡有沒有海或河流。」彥剛喃喃著。

「這樣，就會和我們一樣，看見兩個月亮。」靜把他沒說完的話接續下去。

天上的月亮望著水裡的影子，安靜的，蕩漾。

默默並肩著，看著兩個月亮。

孤獨未必寂寞

楔子

惡夢侵襲，像是一條條的爪痕抓過已經殘破不堪的睡眠，染香緊緊的抓住被單，用力睜開眼睛。

天花板的水光蕩漾。養在琉璃水盆的睡蓮發出孤清的芳香，盈盈。

這個簡單得不能再簡單的套房，她的傢俱只得一床一桌一椅，壁櫥還是住進來時房東體貼的設計。然而，除了會皺的幾套套裝掛在裡頭，其他的衣服，嚴整的折疊起來，井然有序的只有隨身換穿的擺著，其他的，都放在皮箱裡，像是隨時都準備出門似的。

一年前，她離開家裡，帶的就是這個皮箱。

怎麼會夢見以前的事情呢？她已經離開前夫那麼久了。她的心，不應該陷落在那個恐怖的經歷裡。那些不捨，那些痛楚，那些摧毀愛情也摧毀自尊與一切的日子，都該遠離了。

起床洗澡，她卻趴在洗手台吐了起來。

刷刷的水聲沖去嘔吐物，也沖去了不應該的驚惶。洗過澡，她像個嬰孩一般赤裸純淨，細細的挑選今天上班要穿的套裝，仔細的化著妝。

穿著套裝如盔甲，細細描繪的妝如面具。她用這樣的打扮武裝自己，好在斷垣殘壁的生活裡重建自己的一切。

今天是她升上會計課長的第一天。難得的，她沒有遇到什麼樣的忌妒和險阻。婚姻嚴重的挫敗，讓她學會了小心經營工作的所有一切。

因爲離婚婦女會被當成單身公害，除了上司，幾乎沒有任何人知道她的過去。她一直是個單身女郎，合理而溫和的對待身邊的每一個人。不推卻任何工作，也不事事獨攬，她在工作上一直是個人緣好，做事認眞，聰明俐落的辦公室女郎。

到了公司，她仰望高聳氣派的辦公大樓，突然覺得這樣的安心。只要認眞就好。只要認眞，公司就不會虧待她，對於她的認眞，相對的照顧。這和婚姻的投資多麼不相同，正想走進辦公室，卻聽到有人大聲喧嘩的聲音，她好奇的轉過頭來，發現一個激動的年輕女孩，纏著人事部主任爭辯哀求。

「給我機會！我想進來亦達已經很久很久了！面試那天我不是蓄意不來的……我有醫生證明，得了盲腸炎也不是我希望的呀……」

想這麼走過去，女孩聲音絕望的堅決，卻讓她停下腳步。

「林主任，給她一次機會吧。」不知道爲什麼，開了口，「我記得你應徵的是行銷人員吧？行銷人員最重要的不就是永不放棄嗎？」

向來寡言的她居然開金口，讓林主任驚訝了一下。不過……的確，行銷最重要的不過是如此……

「好吧。既然我們公司最年輕的課長都開口了，」林主任點點頭，「那，破格補面試吧。不過，妳要知道，就算面試通過，妳也只是備取的……」

林主任大約也想起染香曾經是備取資格。沒想到今天成了公司資歷最淺，卻最得力的財經人才。

她也不曾忘記那一天。當她被前夫趕出門的時候，她才發現，自己一無所有。

技術學院的學歷不如自己想像的吃香，滿街的大學生、碩士博士都失業，亦達企業這個老招牌想招考個成本會計，居然蜂擁了這麼多強悍的對手。

她氣餒了，卻不能放棄。

通過了筆試和幾場口試，在最後一關，她居然以些微的差距被刷下來。因爲，別人的學歷比她漂亮。

站在門口不知道該怎麼辦，茫然望著宣佈名單的主考官。也是一個其他部門的主管吧，「給這位小姐一個機會吧。」他看了看主考官的評估，「讓她當備取。」

就這樣，她才不至於流離街頭，有了可以安身立命的經濟來源。

呼出一口氣。惡夢的寒氣似乎還在身邊流竄著，她覺得冷。

「喂？新傑？」渴望人的溫度，讓她少有的打了私人電話，「晚上能不能先陪我一下？我知道……我知道今天是你的結婚紀念日……幾個小時，一兩個小時就好……」

今晚不要讓我一個人。

不要讓孤獨侵襲我。

雖然是借來的虛僞溫暖，總比一個人去抵禦的好，比一個人來得好。

孤獨，往往就會寂寞。而寂寞是損毀人心的烈酒，總是令人穿腸而窒息。

一生之水的眞實謊言

之一

他的掌心，有著菸草的味道。

靜靜的蜷伏在他懷裡，有些粗礪的掌心，翻著些硬皮，摩娑著她嬌細的肌膚，和上面晶瑩的汗水。這是一雙喜歡運動的手，他總是在健身房練出一身大汗，和美麗的肌肉。

撫著她的臉時，她聞到安心的菸草味道。

就像他整個人一樣，沉默的，成熟的，帶著一絲絲甜味，卻也微嗆的味道。

像是Seven-light。

她最珍貴這個時候。剛剛從暈眩的高潮下來，在短暫的、租借來的小天地裡，靜靜的蜷縮在他的懷裡，靜靜的嗅著他掌心的菸味。

爲了這一刻。做愛的高潮只算是，「前戲」。

聽她這樣說，他笑了。眼角細細的魚尾紋深深的拉長。

「小孩子。」輕輕的點了點她的鼻尖。然後起身穿衣服。從背後抱住衣裝整齊的他。乾淨白襯衫裡的小腹，有些令人安心的微微凸起，很有質感。

「喂？」他接起手機，「我？我等一下會就開完了。什麼？你們還沒吃晚飯？我不是叫你們別等我？唉呀……乖，麗兒，等一下爸爸就回來了……」

貼著他的背後，聽著他有條不紊的呼吸和心跳，說謊說得這麼自然的男人。

到底哪些是眞實的？對她的愛？對家人的愛……還是對妻子的？

「……我沒忘記呀，禮物已經買好了，親愛的老婆，禮物保證妳會喜歡。」

掛上電話，回首看著仍然一絲不掛的她，「我們走吧。」

「今天是你的結婚紀念日。」她的笑苦澀，「我能不能知道，給她怎樣的禮物？」

默默望了她一會兒，將禮物遞給她。拆開來，晶瑩的「一生之水」。

一生……她突然發怒的將香水瓶子往梳妝台砸，芳香驚人的溢了出來，爭先恐後的彌漫了整個迷離的起居。

「妳不用砸了它。」男人掏出另外一包禮物，輕輕的放在她的掌心，「這是妳的。」

望著他的背影，卻連淚都流不出來。

呆坐到櫃台打電話來催，不耐煩的她，乾脆買了這個房間整晚。

這樣她就有一整晚的時間沉睡。在令人窒息的香水當中沉睡，睡過這場愛情的瘟疫，醒來就可以忘記這個別人的丈夫。

無精打采的打開禮物，一張小紙片飄下來。

給染香也是承諾　　新傑

同樣的「一生之水」。

該死的，該死的騙子。她突然嚎啕起來。在滿屋子無法驅離的芳香中，連淚都是清芬的無奈。有多少人擦著一生之水？她很清楚新傑的把戲。

這個男人，有著數不清的情婦。她？她只是當中的一個。只是……男人充滿算計的世界，幾乎沒有人想對女人無回報的溫柔。

而新傑肯。他對女人這樣的溫柔體貼，細心打造精緻的心之牢籠。以體貼，以溫柔，以謊言。在荒漠的世界裡，讓渴求一點溫暖的女人，甘心的搽上一生之水。

他的妻子無所知的因為這種誓言而幸福。他的情婦知情卻也哀傷的接受這種命運，抱著卑微的希望。

她也撒上幾滴。為了不讓孤獨侵襲，她甘願當籠中的金絲雀。

一個人的夜晚，像是沒有天亮的時光。需要想念一個人，才不至於發狂。

只是，染香不知道，她這樣淒苦的情婦生涯，居然也是許多孤獨女子豔羨的對象。就像她的室友，林雯。

之二

看見染香的房門口放著一雙並頭親密的鞋子，林雯會站住，凝望一下子，然後默默的走進自己的套房。

這一層四樓隔成四個套房，她和染香隔鄰而居已經快一年了。

寂寞的都市裡，四個女人的套房，總是會輪流傳出傷情的哭聲。

就在她徹夜痛哭的時刻，染香穿著睡衣，來敲過她的門。

「對不起……」滿臉鼻涕眼淚，她擤著鼻子，「我很抱歉……」猛然拋來一罐啤酒。兩個穿著睡衣的女人，在陽台喝了半打啤酒，她和著眼淚，染香卻只是默默的喝著漸漸不冰的苦澀。

就這樣熟了起來。沉默的染香鮮少提及自己的事情，但是染香高大英挺的男友，卻常在走廊相逢的時候，投來非常溫暖的微笑。

非常，溫暖。

和染香越熟，就越瞭解她的男人。那個在亦達當財務部經理的男子，全身卻一絲銅臭味也無。熱愛咖啡和醇酒的他，常帶來珍貴的葡萄酒，裝在華美的水晶杯裡，邀她過來一起共享。

「好酒不該獨享。在開瓶的剎那，就已經完成了她的一生。我們該做的，就是虔誠的將她展現的此刻風華盡飲。」在林雯的杯子裡添加美豔的芳香，「不要客氣。染香的朋友，就是我的朋友。」

他的笑，眼角微微帶著成熟的紋路。不只一次，林雯必須非常克制自己伸出手的衝動。漸漸被他侵入。他的笑容，他低頭的姿勢，染香提到他時，眉眼強忍著又苦澀又甜蜜的淒美。越來越瞭解他，眼光越來越離不開他。

望著自己孤單的鞋子，連走出去買菸的慾望都沒有。

❄ ❄ ❄

「吳先生？」在宴會遇到他，要花很多力氣才能控制自己的驚喜。

「咦？好巧。」他微笑，仍然是那麼溫暖的微笑，「別見外了，叫我新傑就好。」

公司的主管熱情的介紹，「……林雯可是我們公司最美豔、最有才華的art呢……」

在他的眼中，看到了和自己一樣壓抑的火苗，爲什麼要壓抑？愛情的領域，勝者爲王。林雯在暗處擁住他頸子時，鮮嫩紅唇饑渴的搜尋著他。染香？染香的存在，只是當自己替身，新傑愛情的原型，本來就該是我。

只該是我。

徹夜纏綿，新傑走出林雯的房間，發現染香倚在門口，身邊一圈菸蒂時，他迅速的翻起腕錶，染香應當還在屏東老家，後天才會回來。

「你就是不會停止，對不對？」跟著出來的林雯，分不出這個「你」，到底是指新傑，還是林雯。

她驕傲的揚起下巴，「他選了我。」

染香的瞳孔裡染滿寂寞，「他誰也沒選。」

默默的，染香搬了家。林雯心底的一點點歉疚，也因爲她的視若無睹，泯滅殆盡。

愛情的國度，沒有任何人有錯誤。林雯一再的告訴自己。她熱切的買了一對昂貴卻非常舒適的拖鞋，很快的，她再也不用看著自己孤單的鞋子，冷清清的擺在外面。

但是新傑卻也不曾再來。她衝進染香的公司，鐵青著臉對著染香大吼大叫，掃落她所有的檔案。滿桌飛舞的紙張，雪白夾雜著墨色，在冰冷的空調裡瑟縮。

「他有妻有子。」染香冷靜的臉綻放溫柔的笑，雖然淡得幾乎看不見，「妳不懂？他什麼也沒選。妳？妳只是一個句點。」她站起來，輕輕拍著林雯的肩膀，「句點，就是沒有以後了。」她的笑慈悲得很殘忍，「妳說的，愛情的國度，沒有任何人有錯誤。」

林雯抬起滿臉的淚痕，「我會逼他繼續下去。句點之後還有句子的！妳呢？妳又是什麼？妳連逗點都不是，只是一個破折號！不上不下的破折號！」

望著咬牙切齒的林雯，染香只是靜靜的將辦公室的門打開。

之後，林雯一定會奮鬥不懈的，讓新傑注意到她的存在，即使毀滅他。

染香抱著胳臂，望著窗外紛飛的羊蹄甲。是的，夏天來了。只是在空調的極凍中，她的四季只剩下二十度的冬末。連凝結的勇氣都沒有。

捂住臉，她沒有淚。

❄ ❄ ❄

之後，林雯將事情鬧得很大。她打電話給所有的人，包括染香在內。在電話裡哭訴新傑的無情無義，甚至打電話給新傑的太太。

據說，新傑的太太只堅決的說：「小姐，我相信新傑。請妳不要再打擾我們。再這樣，我只好報警。」

崩潰的林雯，最後因爲酗酒過度，被家人送到醫院去，這已經是兩三年後才知道的了。

爲了消除孤獨，女人走了怎樣的狹路？

她不知道。

就像她默默的站在新傑家門前，她不知道自己想些什麼，或者，不想些什麼。

能夠痛快瘋一場，是多麼幸運的事情。或許她羨慕林雯。她走進對街的咖啡廳。

之三

靜靜坐在窗邊，notebook已經跑了很久的螢幕保護程式，半包沙邦妮，第四杯的曼巴。煙霧繚繞中，她眼睛定定的望向對街的六樓。

溫暖的暈黃燈光，應當還伴著笑語和熱騰騰的飯菜，同樣的煙霧繚繞。她的男人，大約笑出眼角的紋路，含笑聽著小女兒溫軟的說著學校的事情。

他和別的已婚男人不同。不會開口就「我的太太不瞭解我」、「家庭沒有溫暖」。他很誠實的告訴自己，他的家庭和睦美滿。

「那為什麼還來惹我？」沉默許久，她的頭髮在燈光下反射出暈然的光，撫著這頭美麗的頭髮，他迷醉著，將近二十九歲的女人，抓住最後青春的餘韻，反而有種說不出來的淒然的嬌媚，皮膚反常得宛如少女般潤澤。

青春的迴光返照。

憐惜的摸摸她的臉，「我想照顧妳一生。妳不該這樣顛沛流離，」生動的，烏鴉鴉的好頭髮，「生來是讓人疼讓人愛的。」輕撫著她細膩的皮膚，「妳的前夫不該糟蹋妳，這不是妳該得的。」

即使在不堪回首的婚姻中，也將哭聲鎖死在沉默裡的染香，居然倒在他懷裡啼泣起來。

接受了他的疼愛，卻把自己關進了精緻的囚牢，以愛之名。

在這溫柔的夜裡，她只能抬頭望著溫暖的燈光，知道那燈光下有自己心愛的男人，卻也只能遙遙的想念著。

「我不會背棄妳。」在汗水淋漓的激情中，擁吻她的裸體，虔誠的宛如膜拜神祇，「我會照顧妳。就算我和別人在一起，我的心，一直在這裡。」

明明知道這樣的承諾只是虛僞的謊言。明明知道……她還是收下了他給的「一生之水」。

每天每天使用著，一再的提醒自己。

此身已非己所有。已經屬於一個虛僞的，從不說「我愛妳」的已婚男人。

街頭轟然著鼎沸人聲，結完帳，安靜的踱步，熟悉的香味撲鼻而來。這樣熟悉卻帶著陌生。

那溫靜的女子匆匆跑進7-11，身上的圍裙還沒脫下來。染香的血液幾乎全凝固在臉上，一陣陣暈眩的潮紅。

是她，另一個擦著「一生之水」的，新傑的妻。堅定的說：「我相信新傑。」那個幸福無知的女人。

或者說，她選擇無知？

什麼都不能做，只能站定，然後等她錯身抱著醬油，再跑回新傑也在的穩固堡壘。

什麼都，不能做。

這麼淡的香味，卻讓她窒息。幾乎無法呼吸。

她拿出最後一根沙邦妮，抖著點上火。希望薄荷的香氣，能減輕一點這種噁心。

希望可以，希望會。

之四

一直以為，新傑是天上的鷹，除了他架構的家，什麼地方都只是他暫時棲息的地方。不管是哪個女人的懷裡，他到底還是愛自己多一點。

染香總是這樣安慰自己。不管在什麼地方，不管新傑抱了多少女人，他總是會在厭倦後，回到染香的小窩。

「為什麼這麼素淨？」有時他會皺眉，「我幫妳辦的附卡，為什麼從來沒有用過？」

不管搬到什麼地方，她還是維繫著一桌一椅一床這樣單調的傢俱，沒有任何裝飾。皮箱仍然擺著過季的衣服，像是隨時都準備離去。即使是新傑為她買下來的套房。

「只是回來睡覺，何必什麼奢侈品？」她淡淡的，唇角擒著淡淡的悲哀。

不是不想離去的。她跟公司請調到上海，卻被新傑攔下來。

「我對妳不好？」他惶恐的冒汗，這個可以鐵石心腸面對林雯的男人，卻連聲音都發著抖，「妳說，我可以改。」

染香淡漠的搖搖頭。卻發現自己的帳戶每個月都轉進一筆不小的款子。

新傑不討任何人情，這讓她感動起來。他不知道該改些什麼，用金錢卑微的表達自己不能給的承諾。

讓他照顧一輩子有什麼不好呢？雖然……雖然她也這樣的希望，新傑能夠放棄一切，跟她在一起……

新傑心裡是有她的。發現她想飛走，這樣不願公器私用的男人，卻動用了權勢，不讓她離開自己半步。

「不要讓任何人知道我們的事情。」染香懇求他。失去一切都無所謂，但是失去工作的尊嚴，她可能連活下去的價值都會懷疑。

「染香，多少女人想憑這種關係爬上來……」他憐愛的撫摸這個既脆弱又堅強的女人，「我答應妳。我不碰公司的任何女人，不削妳的面子。」

＊＊＊

直到和她擦身而過，發現新傑的新任秘書，身上飄著熟悉的味道。

她納罕的轉頭過去，看著那個剛出校門，身上還發著青澀氣息的小女生。仍然在髮上夾著可愛的凱蒂貓，穿著雪白小洋裝，無邪得像是春天初綻的小雛菊。

身上卻飄蕩著不符合年紀的，成熟而魅惑的味道，巧合吧？一定是。她試著說服自己。一定只是巧合，新傑不對少女下手。這樣的女孩子想不開，容易糾纏，他這樣的男人，喜歡懂得遊戲規則的成熟女子。

就像自己。她對著自己微微的笑笑。不知道是譏諷自己，還是苦笑。

依偎在他的懷裡，仔細觀察著他的神情。他的神情一如往常，若不是跟他在一起這麼久，她一定看不出來。

模糊的，帶著恍惚的微笑。那是陷入戀情的表情。染香什麼也不說，只是安靜著。在他身邊久了，知道新傑的貪心，他總是陷入新的戀情裡，又理智的回來。

「我要離婚了。」

染香猛然的抬起頭來，她清楚新傑有多麼重視他的婚姻，從來也不奢想他會離婚。

輕輕撫著染香柔軟的髮，「沒辦法，我的妻子太不懂事了，我一定得給她個交代才行……」

「她？」不是我？

「是呀，妳也認識吧？淑玲……」他的眼睛笑出溫柔的紋路，在染香的眼底卻是殘忍的痕跡，「我的秘書。我眞沒想到，我還會瘋狂的陷入戀情中……」

「你要爲了她，放棄自己的家庭？」那麼你心愛的女兒呢？你心愛的妻子呢？你口口聲聲完美無缺的一切呢？

他安靜著，發覺懷裡赤裸的染香全身僵硬，他輕輕的搖著她，「嗨，染香，我不會抛棄妳的……我說過，這一輩子，我都會照顧妳不是嗎？我太太不像妳這麼懂事。」他神情一冷，「不曉得哪來的消息，居然讓她去毆打一個孕婦，一點都不顧念淑玲已經有了我的孩子……」

看著他的嘴一開一合，突然聽不見他的聲音。

「爲什麼？」她的臉跟紙一樣白，「這又是爲什麼？她有什麼魅力，能夠讓你放棄一切？爲什麼我作不到的事情，她可以輕易做到？」

沉默塡塞著令人窒息的沉默。

「她……她……」新傑一攤手，「她還是處女……我覺得我應該要負責……美邵一直沒有落紅，」他聳聳肩，「我一直覺得很遺憾……也很不舒服……」

這荒謬的理由，讓染香微偏著頭，嘴巴微微張開，驚訝的表情是如此的美麗，像是黑頭髮的日本娃娃，在新傑的心裡留下了非常深的印象。

染香以爲自己會發狂，沒想到，自己居然想笑。我在做什麼？我在這個殘忍自私的男人手底下眷戀些什麼？會和自己在一起這麼久，所謂的憐惜不過就是優越感吧?!不過是這樣不吵不鬧冷靜自制的染香，是那麼溫柔而敬業的情婦。

我居然爲了這樣的男人流淚終宵？爲了他拿掉兩個孩子？他卻爲了「處女」這樣愚蠢的理由，什麼也都不顧？

左眼猛然一痛，讓他殺豬似的尖叫起來，染香敏捷的補了右勾拳，讓他兩隻眼睛的瘀青完美地對稱。

不著片縷的站起來，柔弱的表情徹底消失。婚變兩年以來的脆弱，像是雨過天青般的消失。昂首走出新傑爲她買下的套房，也解除了他的「圈套」。

從那天起，她不再使用「一生之水」。

那只是一種虛僞的謊言。

❄ ❄ ❄

當然還會在公司遇見新傑，有點不明白，自己怎麼會爲了這樣的人牽腸掛肚。

不過是個尋常的，長得好些的中年男子。為了自己的豔遇遭逢報應，灰頭土臉的男人。
幾乎花掉自己一半的財產才得償夙願的離婚。公司的斐短流長，讓他請調到紐約分公司去。
他們不再私下交談，染香幾乎要為自己鼓掌，表現得多麼理智粲然。
「那是我的報應。」臨別前，他對染香說。他眼睛的兩個瘀青，好幾天才散。
「一路順風，經理。」她微笑。
孤獨不一定寂寞。當月色照進小小的窩，她晃著葡萄酒酒杯，看著美麗的酒光粼粼。
一個人有一個人的孤獨，兩個人也未必不寂寞。
她邀月，輕輕啜著微酸帶苦的葡萄酒，像是啜飲自己一個人的生活。

遍染香群的阿普沙拉斯

妖媚著滿臉的胭脂水粉，下眼瞼貼著水鑽，驟眼看似晶瑩的淚珠。她在舞台上擺動，沸騰著嘶吼的音樂和荒靡，甩動長髮的她，看起來像是天界的阿普沙拉斯。

雖然極黑的瞳孔沒有焦點，連笑容都是模糊的。

開始喜歡混PUB，大約是離開新傑之後的事情。

分手之後，才發現自己從婚姻的惡夢跳進不倫的惡夢，這麼蹉跎時光，眼見三十就在眼前了。

此身非己所有，紅顏將老，一事無成。靠近她的男人就貪那點不必負責的便利。他們讚美染香的獨立自主，私心卻竊喜得到一株無須灌溉照顧的野百合。

也沒什麼不好。一面灌著可樂娜，潤澤的暗紅唇膏，在五彩燈光下，顯得份外嬌豔欲滴。

因爲不用靠任何人了，更可以挑挑選選。在這雷射閃爍，音響妖冶魅惑的所在，每個女人都似絕色，有些喝醉的男人，僅摸到她的長髮，就開口求婚。

有什麼不可以？這是個墮落的地獄。

男人急急的吻落在她雪白的胴體，不住的喃喃著甜蜜的謊言，在這種謊言的催眠裡，她可以放鬆而迷離，反正都是謊言。都是，不可以相信的謊言。這種謊言，反而眞實。

吻著陌生的男人，四肢交纏，肌膚相廝磨，在無比的快感中，她才能將那種沒有重心的暈眩感稍微推開些，雖然激情過去之後，暈眩會如鬼魅般侵襲。

「妳叫什麼名字？」有時男人會問，戀戀她那細緻光滑的雪白皮膚。

她穿衣的動作，總是會稍微停一下。眼睛蒙著薄冰，嘴角卻笑著，「我沒有名字。」

像是一縷輕煙般悄悄離開。別人會醉，會睡，會騙自己，她學不會。

直到那雙清澈的眼睛抓住了她。非常專注的。

隔著煙霧彌漫的PUB，她看不清那雙眼睛的主人。幾個星期的「巧遇」，她本能的感到危險。匆匆穿上外套離開，相對於舞廳的喧鬧，午夜的街道一片寂靜。聽著自己的高跟鞋敲打著街心，卻在不遠處看見那雙清澈的眼睛。

跨坐在機車上，他很年輕，非常年輕。那種青少年才有的清新氣息，有些刺眼的逼迫。

「嗨。」

或許他太好看了，所以染香忍不住停下了腳步。

「妳叫什麼名字？」

原本打定主意不回話，卻反射性的說，「我沒有名字。」

「怎麼可能？」那少年笑了，「妳是阿普沙拉斯，眾神的蝴蝶。爲了看仔細妳的美，帝釋天生出了豎眼，西瓦神生出了四張臉。」

這孩子……居然知道印度神話。

少有的，染香露出了微笑，雖然有些無奈的。

「那就叫我阿普沙拉斯吧。」她笑笑，伸手想攬計程車，「名字只是一個符號。」

「一個芳香的符號。」他走過來，清秀的身影有著青少年特有的清新氣息，「我有沒有這個榮幸，載阿普沙拉斯回家？」

本來想說不的，卻發現他的坐騎居然是部古老的豪爽一五〇。擦得晶亮的車把和車身，把這部老車的氣息煥發得非常的溫暖。

初戀的時候，坐的，也是這款的車啊……時光倒退十多年，像是這些年的折磨全消失無影，只剩下清脆的笑聲，和輕扶著初戀情人的微微顫抖的手。

一切都遠去。光速也無法追溯。

「你是陌生人。」她點起菸，火光閃爍，他的臉在打火機閃爍的瞬間，突然閃亮又消失．像是面目已模糊的初戀情人。

「計程車也是陌生人。」他將安全帽遞給染香，「而我，懂得愛惜阿普沙拉斯，天界的蝴蝶。」

突然失去了堅持的力氣。又如何？最糟也不過是被強暴。

在他身後閉著眼睛，享受清涼的夜風撲面而來。這火躁的台北盆地，只有過了午夜才有如許的靜謐安定。她將臉貼在少年的背上，強健的肌肉和青春氣息透過薄薄的T恤。

就像許多一夜情的開始，其實只是寂寞和月圓的因素發作。弄不清誰先吻誰，說不定只是一個輕柔的晚安吻所致。他們不曾回到家。在某個紅燈下擁吻，天濛濛亮的時候找到能休息的賓館。

只是渴求體溫，渴求溫柔，希望緊擁的時候，能將寒冷的寂寞驅離得遠些。不過是這樣的渴求，少年的眼睛蒙著情慾，卻分外清亮，這樣美麗的眼睛啊……長長的睫毛像是蝴蝶的吻，輕輕的在她頰上扇然。沒有窗戶的賓館，像是永遠不會天明的長夜，這夜永遠不會亮。

手指滑行過他結實的胸膛，這年輕的胴體……她不想知道有多年輕，就像不想知道自己已經漸漸衰老一般。

她閉上眼睛，讓感官全部張開，感受他的急切和粗魯，幾乎要撕裂自己的快感中，她知道，即使如此，寂寞仍在牆角虎視眈眈。

落淚，卻不是因為恐懼或害怕，那不過是高潮的餘韻。

或許，這只是一夜的幻夢，必須趁著天明之際離去，才能完美的定格。

看著他柔軟稚氣的睡臉，噙著笑，翻了翻他的皮夾，看見他的身分證。

沒想到我染香墮落到誘惑男童，居然十八歲未滿。

她笑。輕手輕腳的穿好衣服離開，蒼白的街燈還沒熄，而天已經濛濛亮了。

從此不再相見吧，我想。回家洗去情慾的痕跡，嘩啦啦，像是另一種重生和遺忘。什麼都忘記好了，不復再見面。她減少了夜遊，將滿腔的精力轉過頭來在工作上。

偶爾，只是非常偶爾的時候，她會想起那個柔軟的、不曉得名字的男孩子，那樣溫柔的狩獵她，溫柔的讚美。

妳是天界的蝴蝶，阿普沙拉斯。

原來我還有美麗的時刻，在一個孩子的眼中。即使知道，這只是一種狩獵的香餌和手段，仍然覺得一點安慰。

即使是謊言，也是眞誠的安慰。

只是命運之紡輪轉動的時候，並不按照人類的自以爲進行。命運女神隨著高興紡織著每個人的相遇，用利剪隨意的斷裂成別離。

他們在漆黑的夜裡相擁，卻在光輝燦爛的中午重逢。

在公司的周年宴會上，隔著人群，她不禁倒吸了一口氣，在陽光下，這個孩子的肌膚晶瑩得反光，充滿了年輕的活力。他穿著輕鬆的T恤，笑出一臉稚氣。若不是見到她時臉色暗了一暗，她不敢肯定。

不會拆穿妳的，不要擔心。

突然覺得這種應酬的開幕酒會非常無趣。

躲開人，用香菸的煙霧隔開所有，空蕩蕩的樓梯間，就像她空蕩蕩的心。拿出雪白的菸，火光一閃，那孩子在煙霧裡迷離。

「爲什麼逃？」他質問，「我表現得很差嗎？爲什麼不說一聲就走了？妳居然把房間的錢都付清了……妳在侮辱我嗎？」

不答腔，她吐出一口雪白的煙。

「抽太多了。」他的聲音反過來柔軟。

她微笑，將菸按熄，那孩子卻將她壓在牆上，兇猛的吻了失去香菸保護的嘴唇。纖長的手指在她身上游走，迷醉之餘，染香還是推開了他。

不行。她整理整理頭髮，「你今天扮演的角色，不正是帝釋天嗎？含著金湯匙的貴族？乖乖的，不要讓你的父母親尷尬，好嗎？」輕輕擦去他唇上的胭脂。

他專注的凝視著，「我知道妳是誰了……再也不讓妳逃脫。」

「我是誰？我不就是阿普沙拉斯嗎？」染香拍拍他的臉頰，「再見，年輕的帝釋天。」

走入熱鬧繁華的宴會，帝釋天的叔父……不，那孩子的叔父眼光炯炯的看著她。「祥介喜歡開玩笑，並沒有什麼惡意。他也只是個小孩。」

他看到了。而這位文質彬彬的叔父，看著自己的眼光卻像是看個污穢的妓女。

怎麼也沒想到生活圈子這樣的狹窄，來來去去都是這個公司的人。這下事情可大了，這位帝釋天……大約是董事長的嫡孫吧。

「我瞭解，鍾先生。只是一個激烈的玩笑而已。」她彎彎嘴角，卻冷冽得沒有笑意。

她提早離開這個繁華的宴會，隔著很遠，還能聽到細細的喧嘩。

蟬聲細細，豔麗的夏日已西傾，四周的鳳蝶貪戀著傍晚的爽颯，翩翩在馬櫻丹上面，這甜甜的香氣，讓她想起罌粟的甜香。眷戀著這種類似罌粟的香氣，鳳蝶癲狂著，卻也只能癲狂著。

就像是遊女一般。天堂從來不為她們開啟，她們只是貪慕天界容光的裝飾品，那些阿普沙拉斯們。

❄ ❄ ❄

二十九歲生日來了。沒有任何人知道。她站在窗前抽著菸。

向著街道，這個大樓的抽菸區，總是蒙著煙霧，就像是污穢的台北天空。她將菸按熄在雪白的細沙礫上。生日快樂，她對著自己說。

回首前塵，宛如夢一場。她有些懷疑這一切都是假的，說不定她翻個身發現年輕的自己還躺在乾淨的床鋪上，母親其實還在，一面開著窗，一面輕喊著，「小豬妹，妳還要睡到什麼時候？」她會發出唔唔的賴床聲，「媽媽媽媽，我作了個好長的夢……」

好長的惡夢，都醒不過來。她將臉埋在掌心，居然沒有淚，我失去了哭泣的力量，不知道爲什麼。

疲憊的抹了抹臉，她端坐到電腦前面，開始工作。專心是有好處的，只要用心在現在做的每一件事情上面，她就會忘記外面的一切，很快的，天空會暗下來，該死的一天又會過去。

直到十點半她才不甘心的停手。守衛來敲過兩次門了，她不下班，他們也不能安心休息。

讓我忙碌。讓我不要再追悼失去的一切。我不要再想不要再想不要再想……

「生日快樂。」祥介拿出一大把雪白的荷花，生氣洋溢的出現在她面前。

「你怎麼……」她愕然。

安然的笑著，乾淨的面容映照著飛逝如柳絮的月光，「妳不知道麼？我是帝釋天。」輕輕將她頰邊的頭髮撩起來。

她閉上眼睛，輕擁住這個孩子，雪荷在他們之間流蕩著香氣。她以爲已經枯竭的眼睛，卻有著灼熱的液體泉湧。

「讓我忘記一切。拜託你……所有的……」忘情的擁吻，雪荷花瓣飄蕩，粉碎間更顯香芬，在她的車子裡忘情著擁吻愛撫，像是這樣激烈的愛憐可以將這世界的一切排拒出去。

「抱緊我。」她閉緊眼睛，設法緊鎮住淚水，「讓我窒息。幫我把痛苦的一切都忘記。再緊一點，抱緊一點。」這樣才能夠不流淚。

半褪衣裳的祥介卻停下動作，無邪的眼睛專注的看著她，大拇指輕憐的撫著她柔軟的臉頰。輕輕啄吻著她的臉，像是怕弄碎了她。

「我在這裡。」

她委屈的哭了起來，像是母親懷裡曾經的小女孩。不管歲月過去多久，她的心一直惶恐的遺失在母親過世的那一天，她的生日眞的就成了母親的受難日。

「母親是突然過世的。」她的聲音朦朧，烏黑的頭髮散在床單，雪白的裸身在他的臂彎。祥介沒有出聲，纖長的手指溫柔的梳過她柔軟的頭髮。

「我還在學校上課，教務主任突然神情奇怪的叫我把書包收拾好跟父親走。到了醫院，只看到母親覆著白布，僵直的躺著。」這麼多年了，她以為已經遺忘埋葬，卻沒想到有個角落，一直停留在國三，哭泣著不曾跟著歲月長大。

失去母親——子宮外孕內失血過度死去的——她和父親相依為命。為了恐懼失去父親，有時她會偷溜進父親的房間，探探父親的鼻息，恐懼父親會一去不回。

父親的確是一去不回——不到半年，父親扭捏的想把她送到國外念書。

「為什麼？」天真的她大惑不解，好不容易考上了商專，從喪母的傷痛中站起來，要感謝同學老師的溫柔照顧。

父親勸著勸著，突然發起怒來，怒氣沖沖的摔上門。

她的心又揪緊了。母親過世時的恐懼無依，又抓緊了她的咽喉，讓她呼吸都困難。

等懷著身孕的後母，侷促不安的站在她面前，她發現，是的，父親的確一去不回了。

只比她大兩歲的後母，害怕的抓著父親的手，那原本是她和母親的位置。

拒絕了出國，她搬進學校的宿舍。在淚水中度過了專一的生活。從那天起，她就不曾回家過。

「家破人亡，你懂嗎？」她笑了起來，那些年把眼淚耗盡了，就像是說別人的事情一般的淡漠，

「你大約不懂。尊貴的帝釋天，是不懂我們這些的。」

「妳怎麼知道？」他的聲音溫柔得有鴉片的餘溫，「陽光越燦爛，陰影越深重。說不定妳知道了

以後，覺得我污穢不堪聞問。』

她定定的看著祥介完美的五官，手指輕滑過優雅的線條，「你是同性戀？不對……你是雙性戀？』她想起祥介叔父異樣緊張的關心，「你和叔父也有一腿？」仰頭想了一下，「不會的，這不要緊，我一樣喜歡你……」

大約也跟著愣了一下，等聽懂了她的話，祥介大叫一聲，一反少年老成的早熟，「妳這個女人？腦子裡裝什麼豆腐渣呀？」他把染香壓在身下，不停的呵她的癢。

染香懼癢，大叫大笑，氣都喘不過來，兩條雪白的腿拚命的蹬，「不要鬧了！祥介！呵呵呵呵……你再鬧，我就惱了！」

看著她頰染紅霞，憂鬱讓嬉鬧沖淡得沒有影子，兩個人額頭相抵，祥介閉上眼睛，感受這難得的靜謐。

「我找到妳了。找了好久好久。阿普沙拉斯……」他唇間噙著美麗的微笑，「讓我愛妳。」

染香頰上紅霞更盛，頭往後一仰，承受著少年的激情，「你已經在愛我了。」

「不是這樣子而已……」他吻著染香的頸子，虔誠的，「把妳的心給我，」他在染香的胸口輕劃，「我也把我的心，給妳。」

他用指甲在自己胸口劃出幾乎滲血的紅印子，像是這樣就可以交換彼此的心臟。

沒有過去……沒有未來……她輕輕呼出一口氣，在情慾激昂中，反而感到聖潔的虔誠。

「好。我願意。」徽閉的眼睫上，閃著點點的淚光，不曾流下。

這一刻的誓言，就像純粹的黃金一般美麗。

可惜只有那一刻。

天一亮，回到現實中，儘管明白黃金般的誓言多麼令人留戀，她還是只能望著嘩啦啦的大雨發怔。

霧茫茫的一片，什麼都看不見，只有迷濛的水氣和雨聲悲切。像是在惆悵的舊夢中，醒來記得一點片段，和頰上冰冷的幾滴淚。

是的，染香很清醒。或許沉醉的人比較幸福。

這種清醒疼痛多了。

表面上，她很快樂。祥介總是來接她吃飯、他們會歡欣的尋找小巷弄裡藏著的小館子、咖啡廳，安靜的吃著晚餐。這個早熟的孩子，帶著稚氣，跟她聊學校，聊新聞，聊他極愛的一切：就像是一千零一夜的新娘，夜夜說個有趣的神話故事給她，不管將來。她也會笑著聽，把他當大人，跟他說公司的事情，說自己的童年，說自己失敗的婚姻和失敗的愛情，她是這樣坦白認眞，就像是跟神父告解。

就是不談將來。

我們不談。不談就可以假裝不存在。她可以笑著讓祥介教她玩仙劍奇俠傳，深夜裡，孤獨一個人的時候，可以驅使主角們誅殺怪物。一直到破關，她最想殺掉的怪物，卻不在裡面。她哭了。

她想殺掉「將來」。

將來是頭兇猛陰險的怪物，躲在暗處裡伺機而動。等你不提防的時候，就撲上來啃噬你以爲掌握到的幸福，血肉模糊的。

「將來」，一定會來。她一直在等著。屏息等著一些事情的發生和結束。

就算這樣努力的告訴自己，當祥介的叔父走進自己辦公室的時候，她的四肢，還是冰冷了一下。

和她握了一下手。那是堅定有力，卻纖長的手。發現自己並沒有滲出冷汗，她短短的笑了。

鍾先生借著公務攀談了幾句，「想去大陸發展嗎？我聽說前陣子妳跟經理討論過。」

那已經是一年前的事了。她抬頭，呵，發配邊疆麼？

「那邊已經有人了。」她淡淡的。

他微微一笑，這微笑，讓她發現祥介和他叔父驚人的相似。只是郡種純淨的氣質褪盡，取代的是成熟和滄桑。那一點難言的憂鬱，讓他成了幾個子公司女同事欣羨愛慕的對象。

但對她來說，這個男人只是祥介的叔父。

非常關心他的叔父。

「那不成問題。」他也淡淡的回答，「他們在北京，公司有意在上海成立一家分公司，需要有個人過去組織財務團隊。」他扶了扶眼鏡，微笑不曾離開他的臉，「最重要的是妳的意願。」

我的意願？我希望衝進大雨中，讓迷霧似的大雨，洗刷我至融蝕那刻。神遊了幾秒鐘，她露出迷惘的神情，很快的寧定不來。

「我可以考慮？」她也微笑，或說，熟練的掛上微笑的面具。

「當然。」他禮貌的離去，從頭到尾不曾提過祥介的名字。

她想拿起尖叫不已的電話，發現自己的手臂沉重得像是鉛塊。機械似的講完公事，電話那頭的人，聽不出她已淚流滿面。

用雙臂抱緊自己，從來也只能是自己而已。

第二天，財務部經理堆著一臉假笑，跟她談調職到上海的事情。

連一點猶豫的空間都沒有，要不然，她得榮升到「總務部」當經理。

她笑。總務部經理呢！剛好手下管著兩個職員，眞正可以清閒到退休，一輩子也不用想翻身了。爲了愛情這樣犧牲？不，她不敢。

沒有抗辯爭吵，她回家整理行李。上海？這個季節，會不會冷？她整理來整理去，對著床上地上亂七八糟的衣服鞋襪，突然笑了起來，然後哭了。

對於感情，她一向處理得這麼糟糕。連自己的生活也一蹋糊塗。如果眞的愛他，不應該抗爭到底，甚至辭職抗議嗎？

或許自己下意識裡還覺得非常慶幸，慶幸能夠因爲這種不可抗力而分離吧？

將衣服整理回衣櫥裡頭，什麼也沒帶。只提著一個小小的包包。決定不退租，就這樣保持原狀。公司不是給了她非常豐厚的補償嗎？夠養這一個小小的棲身之地。

走吧。還有什麼捨不下的？連祥介都可以捨了……懦弱的放棄了他……開門看見鍾先生，她沒有什麼意外。總要將狐狸精押到遠方流放加上封印，這才能安心吧。

「不，我從沒把妳當狐狸精過，」他搖頭，「祥介提起妳時，眼睛都會發出星光，叫妳『阿普沙拉斯』。」凝視著她的眼睛，「妳的確像是天界的蝴蝶。只是你們在不適合的時間相遇了。若是祥介長大起來……」

「若是祥介像你一樣，我想我也不再希罕。」她的瞼孔蒼白，脂粉未施的臉有著頹廢的美麗，「像你這般聰明的青年才俊，全台北市可以用十輪卡車載上好幾台。」

這瞬間，他望著染香頹美的面容，突然想擁她入懷，呵護她。才伸出手，染香就退後一步，

「下放了遊女，還要收納成後宮，這樣才能眞的保護帝釋天嗎？我沒這麼欠男人。』

「別碰她。那是我的女人。」祥介冷冰冰的聲音，在他們背後響起。

少年拿著安全帽，穿著潔淨的白T恤牛仔褲，乾淨的氣質宛如天使。「別以爲你給了我生命，就可以主宰我的『將來』。』

鍾先生的臉蒼白得跟紙一樣，「祥介，你聽誰胡說的？沒那回事……」

他擺擺手，不耐煩的，「回去吧，叔父。一切都依你所願。讓我跟染香說幾句話。」

他仍想說什麼，伸出的手，顫抖片刻，又頹然放下。

望著叔父遠去的背影，祥介背著染香，「可笑吧？我名義的父親早逝，我卻是個生父仍在世間的遺腹子。」

染香從背後抱住他，眼淚滲進他潔白的T恤，留下水漬。

「等妳知道眞相，說不定會唾棄我……妳唾棄我嗎？染香？」祥介也哭了。

她搖頭，和祥介相擁而泣。他像是要將所有的熱情都壓在染香身體裡，粗魯的吻她愛她，兩個人的汗和淚交融在一起。

「生我的孩子吧，染香，」祥介哭著，「生我的孩子，就沒人敢趕妳走了，』

她搖頭，繼續搖頭，「祥介……孩子是無辜的……你也是無辜的……」

到底，到底是誰錯了呢？那一個頹墮的夜裡，你不該叫住我。你不該給我這樣的名字。

從來沒有蝴蝶能夠活過冬季。即使是天界的蝴蝶，也只能冷冷的墮進冰冷的天河裡，剩下鮮豔的屍身，緩緩的順著水流。

緩緩的。就像是順著天空的眼淚在流。終於也到了結束的時候。

❄ ❄ ❄

堅持不喜歡送別的氣氛，祥介不理她，翹了課，硬在機場牽住她的手。

從來不在公共場合讓他牽自己的手，或許是畏懼，或許是自卑，也或許是許多不明白的或許，她總是和他離著一個手臂的距離，不讓人有側目的機會。

現在？現在她後悔了。

爲什麼要爲了「別人」的眼光，要這樣壓抑？人生有多長，相聚能有多久？爲什麼要甩開他的手，讓自己的掌心常駐著虛無？

握緊他溫軟的手，不管在哪裡。

「你知道薛岳嗎？」祥介摩挲著她的手，女人家的手，卻跟他一樣大而有力。這是雙辛苦的手，所有荊棘，都無人擋風遮雨。

爲什麼我才十七歲？爲什麼我沒有能力讓染香在我羽翼之下保護著？我只能看著這隻美麗的天界蝴蝶顛沛流離的在逆風中飛翔，看著她的銀翅軟翼日益殘破、衰老，我卻只能在歲月這頭焦急著，焦急著。

「那個死掉很久的傢伙，只有我們這種老人家才知道呢，你又知道？」她露出溫柔悲感的笑容，輕輕的將他飄在眼前的髮絲掠上去。

「我記得他，甚至還是民歌迷呢。我沒告訴妳嗎？」還有這麼多事情，希望和她一起。那麼多那麼多的事情，都還來不及告訴她。時間一分一秒的過去，我卻什麼都不能，「我唱給妳聽好了……」

「不要。」她按住祥介的嘴唇，「不要。眞的，我知道你要唱什麼。」她皺著眉頭，深深吸一口氣，「我哭起來很醜，希望在你心裡……我永遠是……永遠是你的阿普沙拉斯，不要忘記。就算你又有了其他的天界蝴蝶……」

「不會有的。」

會有的。年輕的孩子，這只是你記憶淡薄的一抹豔麗，歲月會沖淡所有的顏色和記憶。

你將不復記憶。

這深灰的天空，既不下雨，也沒有放晴的希望。臨到分手時，掌中的空虛，更將最後的溫暖奪去。

她回頭粲然一笑，輕輕在他柔軟的唇上一吻，開始未知的旅程。

緊緊的握住手，緊緊的。她沒有回頭。握緊手，他的體溫就會殘留在掌心，她才不會因爲失溫而暈眩。

起飛了。衝進雲層，小小的窗切割了細細的雨珠，似淚珠。

我沒有哭。她告訴自己。頰上的確是乾的，心頭卻蜿蜒著水滴。像是落在玉盤上的豔紅珍珠，一滴滴都是心頭的血。

是的，我沒有哭。

香染上海

睜開眼，頰上的淚已乾，她已經降落在上海虹橋機場。

看著霓虹閃爍，突然有種未曾離開台北的錯覺。直到充滿吳儂軟語的普通話問著她，望著爽利笑容的女司機，她才感覺到自己在上海。

「我是公司的司機小姐，您叫我小陸就行了。」

錯愕了一下，還是把行李交給了嬌小的司機小姐。

上了車，嬌小甜美的小陸讓她嚇得魂飛魄散，一路超車按喇叭，狠得額頭都皺出猙獰。

「我們趕時間嗎？」她後悔應該坐前座，起碼有安全帶。這一路的驚險把她的愁緒嚇得不知道躲到哪兒去了。

「不趕時間，妳不知道這些土匪，我們不搶的話，可就過不了收費站了。」

等搶過了收費站，染香的臉也白得像紙一樣。

上海，唉，落地就不同凡響。

「到了，綠園。」小陸將她的行李瀟灑的扛在肩頭，「唷，這麼輕，沈小姐，妳沒帶衣裳？」

「我帶了牙刷和牙膏。」她笑笑。

走過富麗堂皇的大廳，小陸引她到自己的房門口，「530號。」

530？誰會想我？誰也不想。

一走進去，非常小的房間。一個衣櫥，一張床。不過孤身在外，這樣就很好了。

浴室倒很大，洗澡的時候瓦斯味道嗆得很，趕緊草草洗完。打開衣櫥想把衣服吊起，一不留神，被木刺刺出血來。

征怔的看著血珠，和外表典雅的衣櫥。電視裡台灣綜藝節目的笑鬧，突然讓她覺得很淒清。

倚在窗前，看著繁華富麗的美麗城市，她不算在異國，卻比異國更寂寞。

她終於來到這裡，被遠遠放逐的天女。再也不會有人叫她阿普沙拉斯，他會忘記我，很快的忘記我。

還是撥了他的手機，卻連開機都沒有。遺忘原來如此迅速，迅速得不過幾個小時。

她趴在床上，昏昏的睡去。漂浮在眼淚中。很快的，淚痕會乾，這一切，都會過去。

❄　❄　❄

天亮到公司報到，和東區相類似的景象，穿著入時疾走的都市新貴，在大樓間奔忙。唯一不相同的是，隨時都有人輕咳一聲，準確的把痰吐在地上。

這讓她覺得有點僵硬。尤其是這個高大英俊的新貴將痰吐在她的鞋邊，她的臉陰沉得像是要打雷。

「Sorry。」那男人只是微微笑。

「我以為只有美國誤炸的時候，才會用這句話塘塞過去。」她的臉上沒有笑容，點點頭，「沒關係。」用力的在踏腳墊擦鞋子，揚長而去。

直到進了辦公室，看見那個男人嘲弄的坐在主管的位置上，她眞想轉身走出去。

不是冤家不聚首？好個上海。

「我是妳的boss。名義上的，叫我丹尼。」他笑笑，「歡迎來到上海，染香小姐。」故意不叫她的姓，染香突然非常討厭他的輕佻。

「你好，boss丹尼。」為什麼不叫丹尼爾，等等我可以送他一隻沒嘴的凱蒂貓，「我想，你應該有中文名字，我比較好稱呼。畢竟我是個沒見過多少世面的台灣女孩。」

他的笑停滯了一下子，眼中出現了興味，「我姓鄭，鄭國興。」

「我姓沈，沈染香。」

「妳的辦公室不在城裡，」他好看的手指交疊在一起，「等等小陸會帶妳過去工廠。我們剛裁撤了一整個成本會計部，我不知道他們在上海這麼久，除了學會搭公車，還做了什麼。」

也就是說，我若做不出成績，也會被遣返。

她臉上保持著合宜的笑容，國興卻看出合宜底下潛藏著冰冷。

很有趣的小女人。

小陸卻一路興奮得呱啦呱啦，「妳知道嗎？他剛從美國丹佛回來，丹佛呢！他一到公司，就做了許多改革……大老闆花了很多錢請他來的……他家裡在馬來西亞也有產業，要不是大老闆和他爸爸有交情，請都請不到……好多女孩子迷他呢。』

丹佛？啐。沒聽過龍生九子，子子不同？馱碑的大烏龜也可以叫作龍，眞是拜託。至於女孩子迷不迷他，關我什麼事？橫豎會穿個名牌，提個公事包，口袋幾個公司供應的應酬錢，就好當金龜婿看了？

見多了。

到了工廠，發現工廠還在興建中，已完工的廠房就開始運作了。攤開以前做的成本會計，她皺了皺眉毛又舒了開來。

冤枉人家沒做事可不對，這是半中間把人家卡斷的，算不得人家的錯。

新官上任三把火？沒搞清楚狀況，這火莫名其妙。

士氣低迷倒是被火燒完了的。認識了幾個大陸的員工，她還沒打算給什麼壓力，先想辦法看懂這些資料再說。

簡體字看起來有點吃力，但是她還是打開電腦一面聽著助理的講課。

「小惠，妳先別怕，告訴我，妳覺得你們之前做得如何？」

那女孩明眸皓齒，雖然畢業不久，卻有著上海女人的大方從容，「當然是好的。」

染香點點頭，「我也這麼想。其他部門不配合，又不是你們的錯。我們來想想看，怎樣將這成會做下去。」

小女孩極有心也極好強，一面講著，一面回答染香的問題，偶爾被考倒了，染香卻笑著要她不要急，慢慢來。

等小惠下班了，她還看了一下子資料。「沈小姐。」她探出頭來。

「怎了？」

「不要太晚，會沒得公車回家。」

公車？她這才想起來得自己搭公車回綠園。闔起帳本，走到門口，發現那討厭的老闆居然在門口堵著她。

「有事？」第一天上班，應該不至於就把她開除吧？

「沒事。順便來接妳回去。」繞過大半個上海的順便？

不想理他，「和上司關係不好，將來會很不順利唷。」他冷冷的，帶著跋扈的聲音在染香背後響起。

染香深吸一口氣，拉開他的車門，粗暴的坐進去。

「這才是乖女孩。」還沒說完，染香突然拉住他的領帶，用力的吻他。

那是令人恐懼的吻，他這輩子還沒被這樣侵略的吻過。這樣深沉又兇暴，像是靈魂也要被侵略一樣。

趁他還沒被勒死前，染香鬆了手，他的心裡卻有一點點悵然若失。

她打開車門，咳了一聲，吐了一口口水。蹦的一聲關上車門，臉上冷冷的笑很是絕豔。

「乖女孩？老闆，我下班了。下班以後乖不乖不干你的事。上班乖就得了。」她踱踱的走出幾步又走回來，「還有，你接吻的技巧很爛，想把女人，先磨練好自己的技巧。」她用力拭淨自己的口紅。

看著她的背影，他大笑，說不出是憤怒還是慾望。

＊＊＊

瞪著天花板，她注視著屋頂有些潮濕的水痕。

氣了大半夜，現在氣是平了，心底卻有一點點微微的悲哀，這年頭，什麼不墮落呢？連付出勞力賺錢，都得陪笑應酬老闆，跟舞女或酒家女有什麼兩樣？

除了收入不能比較以外。

她想到祥介溫柔孩子氣的臉：心裡一陣揪痛。手機再也打不通，打去他家，永遠都不在。

遺忘居然這麼迅速。

洗了臉，睡吧，她告訴自己，睡吧。明天又是另一天。

明天還是相同的一天。不過她把滿腔的忿恨都擺在工作上面，精力旺盛得驚人。成本會計最需要資料迅速確實，其他部門提供的資料有些延遲，整個成本會計組就得拚命趕上去。

看著塡得亂七八糟的表格，染香派小惠去溝通，結果紅著眼睛回來。

「他們說，沒有空塡這娘兒們的資料。」她咬著嘴唇。

染香沒有答腔，輕輕拿過那疊表格，其他的女孩子都擠到窗邊，看著他們的新主任跟生產線班長說話。

班長頻頻揮手，嚷叫起來，只看到染香一直懇求著，那班長更不可一世，聲音越發的大。

她杏眼一睜，指著他也罵了起來。聲音潑辣乾脆，連珠炮似的沒有停歇，即使罵得這麼凶，臉上的表情還是沒大改，甚至掛著淺淺的笑。

「她在罵人。」小紅小小聲的說。

「我聽不懂她在罵什麼。不過，對，她在罵人。」小惠張望著。

「我只聽懂了fuck you。」

大家都有點尷尬的笑笑，對於這個願意替她們出口氣的上司，多了幾分好感。

隔幾天，送來的表格整整齊齊，這一場吵架，反而不打不相識，班長還請染香回家吃飯。

「夠嗆！」班長朝她翹大拇指，「的確是我們怕麻煩。不過一點點麻煩可以讓大家工作順利，既然是沈小姐要的，我們不配合也不行——我可不想再被罵。」

但是鄭國興就擺足了一張臉給她看。

「沈小姐，我們不是花錢請妳來上海監工的，」他穿著合體得宜的西裝，皺著眉頭，連秘書都投過來愛慕的神情，「妳這樣擾亂工廠士氣，怎麼好呢？」

「是呀，Boss，你來告訴我怎樣好好了。」她精緻的臉只有冷漠，「可是班長來投訴我？」

「不是。」他注視著這個跋扈冷漠的該死女人，「但是妳這樣，我很難做。」

「要怎樣才會好做呢？對不起，Boss，我是笨人，不會歪歪曲曲的心腸，麻煩你直說好嗎？」染香的臉上都是嘲笑。

他想一把把染香推撞到牆上去，抓住她的頭髮，吻腫她的嘴唇，看她犀利的眼神變得慌張柔弱，用力掐捏她柔軟的大腿，把手放進裙子……沿著濃密往上……上溯到妖柔潮濕的所在……扯爛她的胸罩，也蹂躪她驕傲的自尊……

「Boss，你不舒服？」染香望著他，冷冷的眼光像是蒙了霜。

「不要叫我Boss。」他從齒縫透出字，「要得到妳，需要什麼代價？」

「這代價，你是付不起的。」染香眼波流轉，儘是輕蔑，「既然我什麼都沒有了，我就什麼都不怕。」

國興凝視著她，「沒有人是什麼都不怕的。尤其是妳。」

聽起來像是挑戰書，染香只是冷冷的看他一眼，什麼話也沒說。

之後，她幾乎把所有的精力都擺在工作上面。學會搭公車以後，她警覺的和同住綠園的男同事一起搭公車，旁若無人的從國興的面前走過。

但是她忘了，在這個國度，外放的台商囂張得簡直是土匪頭子。一起搭公車的男同事都被刁難責罵，冷嘲熱諷，莫名其妙的遭到或重或輕的處分。

她的憤怒漸漸蒸騰。獨來獨往，不和任何人一起出入，國興就開始鬼魅似的在後面跟隨。

想要上我？繼續作你的春秋大夢吧。染香冷笑著。成會組的女孩子都喜歡這個直爽的上司，很有默契的輪班和她一起等公車。國興再囂張，也不敢跟土生土長的上海女人起衝突。

有回忍不住，硬要把染香拖進車子裡，幾個女孩子又打又嚷，國興火性一起，動手打了一個女孩子，險些被其他一起等車的上海女人們打死。雖然衣服被拖得狼狽不堪，染香還是仰天大笑。

事後國興乾脆上告台北，說染香糾眾滋事，還提出傷單。染香接到總公司的電話，冷笑著，「先問問鄭國興先生做了些什麼好事。再說，是他硬要拖我上車，我可沒一拳一腳加在他身上。眞的要瞭解狀況，怎麼不派人來上海看看？」

看見鍾先生眞的到了眼前，幾乎不敢相信自己的眼睛。

「鍾先生？」她詫異極了，「總公司派你來？」染香笑著自己的荒謬，什麼樣的事情會派到副總經理？「如果是解聘書，傳眞過來就行了，我不會讓公司爲難。」

他微笑，「太多心了。只是公事經過，想起妳也在上海，順道來看看。」他還不知道鄭國興的事情吧？也對，等級這麼低微的爭執，還不能上達天聽。

他微笑的樣子，和祥介是多麼相像。她恍惚了一下，唇角噙著迷離的笑容。輕咳一聲，掩飾自己的失態，「鍾副總，害怕祥介在我這裡，特來視察？不用擔心，他忘我忘得很快。」

「妳還沒下班嗎？」他和其他人打招呼，「我倒是下班了。染香？這樣叫妳好嗎？請叫我世平。省得我覺得還在公司。」

上海的秋天暗得非常快。剛下班，夾著暗金光的雲幾乎隱沒在暮色，月亮微弱的在東邊掙扎，還沒升上來。

「冷嗎？」看她瑟縮了一下，「一起吃飯？」

爲什麼不？人總是得吃飯的。再說，君自故鄉來，她也覺得莫名的親切。

坐在希爾頓的時候，有種誤認他鄉是故鄉的錯覺。華燈初上，整個上海宛如浸淫在琉璃寶石的燦爛，妝點得宛如貴婦。她出神著，卻沒有注意到世平望著她眼中閃爍的晶光。

「還恨我嗎？硬將妳從祥介的身邊……」總是相遇在不適合的時間。

停了一下刀叉，「爲什麼？」她睜大眼睛，笑了出來，「說不定我還得感謝妳。這樣的定格很好，這樣美麗的感情。」

雖然心的痛楚無法解釋。

「我比祥介大十二歲。總有那麼一天……會有那麼一天……他會拋棄我。所有的美好……將會被怨恨和哭泣損毀殆盡。」她承受不住那一刻的崩潰，「大概我處理感情的態度一直都很糟……」

「妳是個很好的女人。」世平握住她的手，「祥介說得對，妳眞的是天界的蝴蝶……非常惹人愛憐的逆風舉翅。」

她微微一笑，瞳孔裡不染眼淚，只有清湛的孤寂。

送她回去，站在綠園門口，「我不是爲了任何人。如果妳願意……如果妳肯，我是眞心想照顧妳一生。」

定定的看了他一會兒，「那麼，副總夫人怎麼辦？」

他有些窘，訥訥不成言。

「所以說，你願意『照顧』我，除了娶我以外？」染香的笑容染滿孤寂，「不用了，謝謝你。」

一個女人，當過一次情婦就夠了。這個行業或許剛開始的薪水很高，隨著時間流逝，美貌銷毀，不但沒有勞健保，通常也沒有退休金。

最糟糕的是，當慣了金絲雀，通常學不會面對寒冬。她還保持這一絲清醒。

「明天我就回去了。」世平的聲音蕭素，「我並不是在貶低……」

「我很明白。謝謝。」她輕輕的吻世平的臉頰，「再見。」

慶幸沒遇到任何熟人，要不然，鄭國興會以爲自己眞的搬後台來壓他。

這種虛僞的勝利，她不需要。

回到家裡，軟癱在床上。每天活像在打仗。只有躺下來的時候，她才稍稍的鬆一口氣。

又是一天。

打仗也好。打仗就不會拚命想起不該想的人。只有這個時候，臨睡了，才允許自己放縱一下。

心酸又甜蜜，卻含著強烈受傷的感覺。雖說不悔……當她想起祥介的時候。這樣將一顆心放在無情的少年身上，她註定要流淚很久。只是一個十幾歲的孩子……但是他卻在心底造成一個酸楚巨痛的傷口……

聽到有人大力捶門，她有些不悅。將門鏈拴上，「我警告你，鄭國興，我的耐力已經到了盡頭……」

「我的耐性，也到了盡頭。」他的眼睛含笑，那美麗的眼睛。

「祥介？」

這應該是她過度思念，所產生的幻覺吧？

一個月夜異國的，美麗幻覺。

他擁住自己，像是張開潔白的羽翼，擁抱著染香的身與心……

＊＊＊

撫摸著祥介柔軟的頭髮，這孩子睡著以後，像是一個天使。

多少思念和疑問，在他無邪的睡顏中，什麼都不重要。重要的是，他在這裡。

「為什麼又哭了？」疲勞的他半睡半醒，「我雖然喜歡妳的眼淚，卻不喜歡妳這樣傷心。」

「不是傷心才有淚。」她回答，將他的手輕輕的覆在自己的臉頰上，「你……」千言萬語，卻不知道從哪裡說起問起。

「妳的飛機起飛，我也被拎到美國去了。」輕輕的將她攬在懷裡，歎口氣，「叔父說，我若不聽話去美國，他就要將妳開除。違逆他不是聰明的事情。他沒收了我的手機。警告我要記住不能和妳連絡。」

的確不聰明。她很清楚這個疼愛祥介的「叔父」會不惜一切的斷她後路。不管他對自己怎樣的憐愛……不，更可以逼迫自己屈服，那斯文俊逸的外表底下，有顆善算計的心臟。

「妳瘦了。」他皺起眉毛，「連肋骨都跑出來。吃不好還是太操勞？」

「都有。」她淡淡的，難得的相聚，她不想談那些不相干的事情，跟他比起來，這世界沒有任何重要的事，「那你怎麼來了？」

「我騙他要去韓國旅遊。」他惡作劇的笑笑，「我是去了——只是轉搭飛機又來了上海。」

擁著他，像是擁著一個幻影。明明知道和他不會有未來，但是她無法放棄這個溫柔的少年。像是乾淨清爽的風，洗滌她污穢疲憊的心。

看多了職場的妖魔鬼怪，就算是個清新的幻影，也甘願爲他等待。

若是青春一定要虛擲，就虛擲在他身上吧。在他長大成妖魔鬼怪之前，我還擁有他純淨美麗的少年時期。

「我並不純淨，不知道上過多少女人的床。」他的聲音低沉哀傷。

「每個女人你都願意搭幾十個小時千里追尋嗎？」染香微微的笑著，虛弱的新月染白她的容顏。

「只有染香。只有阿普沙拉斯。」他輕輕的吻染香的唇，像是一隻蝴蝶呵護著嬌嫩的花瓣，恐怕一使力，嬌柔的花朵就要凋零殆盡。

只爲你凋零哪……染香輕輕的歎息。

「等我。」哀傷的少年，這幾個月未曾忘記她嬌白的臉龐，那哀傷的微笑，「我知道不公平，但是等我上完大學，我就能自立了。那時候……我一定……」他匆匆抄下一個e-mail，「這裡！天涯海角，妳都可以找到我。」

叫了計程車，一直送到機場。即使晨光這麼燦爛，終需一別。

憂傷與狂喜交纏，是呵，他不曾忘記我。

轉頭，卻看見鄭國興在她背後冷笑。

「公司規定，公司宿舍禁止外宿。」他欺近一點，「沒想到妳有戀童癖，這就是妳下放的理由嗎？」

染香冷冷看他，不發一語。

「我想，我沒必要跟你報告任何事情。」染香的眼神冷淡，「至於外放，已經停止了。」

深吸一口氣，我終於知道，我在等待什麼。只覺得自己終於呼到自由的空氣。

他一把抓住染香的手腕，「妳忘記了，我是妳的上司。」他憤怒的表情底下是更多的慾望，「我有妳的生殺大權。」

冷笑著，「你還能怎麼樣？強暴我？你連接吻的技巧都那麼爛，做愛的技巧又能高明到哪裡去？你連剛走的小男生都比不上，還想跟什麼比？」

甩開他，噙著笑，「你開除不了我。因爲，我要辭職了。」

以爲自己予取予求的男人，張著嘴，不能明白這樣氣派稱頭的自己，爲什麼會輸給一個來去匆匆的孩子。

「你愛過人嗎？」染香回頭，「你被愛過嗎？有誰願意爲你飛幾十個小時前來？或是你願爲誰飛幾十個鐘頭？沒有這樣的人之前，你不懂你輸了什麼。」

是的，我將回去台北。我要回到和帝釋天相遇的淫靡街頭，在骯髒卻魅惑的空氣裡，等待他的歸來。

或許他永遠不歸來，或許我不會等待。

回去傳眞了辭呈，她開始將這裡的工作做個了結。已經建立起來的制度應當不會輕易被毀滅，小惠能把這裡撐下去。

這個舞台，她留下一個漂亮的句點。我將回去。回去我曾經憎惡，現在卻無比渴望的故鄉。

「我聽說妳今天會回來交接。」在台北總公司，遇見了世平。

他依舊溫文儒雅，只多了苦惱而懊悔，「爲什麼辭職？難道是爲了鄭國興？若是他對妳有任何不軌，妳可以……」

「這不重要。」染香打斷他，「本來要辭職了，這些也不當我說，本來要把這些文件寄給你，既然遇見了，這就給你吧。」她遞出一個牛皮紙袋，「這種台客土皇帝在上海一天，公司會蒙受無比的重大損失。我想，你應該瞭解一下那兒的情形。」

「染香！」他叫住染香，「……公司待妳不好嗎？如果妳不願意待在上海，妳可以……」

「公司待我很好。」回頭看著這棟哭過笑過努力過的宏偉大樓，「失婚以後，我在這裡站起來。

或許我會抱怨咒罵，這裡卻是重建我自信的地方，說什麼都不可能忘記。」她微微悲感的笑笑，「離開這裡，我不是不惶恐的。」

看著她單弱的肩膀，想要擁她入懷，她轉過來的眼睛，卻是那麼堅毅有力。

澄澈得可以看透一切……

「我瞭解祥介爲什麼被妳吸引，就像我被妳吸引一樣，」他露出感傷的笑，「妳是勇敢的。不管背轉過去是怎樣的痛哭，妳總是勇敢的站起來。我和祥介沒有的勇氣，卻藏在妳這麼嬌弱的身體裡。」

他輕輕的擁抱染香，她沒有拒絕。

「只要妳累了，我會替妳遮風蔽雨。」他輕吻染香的髮際。

「這是非常美麗的讚美，」她微微笑，「我要等祥介。」

「他還是孩子。」

「我知道。」掠掠自己的長髮，「只是，青春這麼短暫，我若不等一個人，也白白的虛度了。我若等他，我還可以抱著虛弱的希望，遙遠的國度有我的帝釋天。或許他不來，或許我不等了，這些歲月，會有美好的烙痕。」

無法忘記。

「我不能拿你當替代品。」染香輕輕吻過他的唇，像是一片柔軟的花瓣輕拂。

「恨我嗎？」他幾乎落下淚。離開這個熟悉生根的公司，她一個弱女子，準備飄零到哪裡？

「你問過了。我不恨任何人。」

一切都是自己的選擇，要從何恨起？

這都城，下起灰暗沉默的雨。她卻嗅到遠山傳來的乾淨水氣。

我也許等你，也許不等。在我的翅膀焦蔽之前，我等你下次千山萬水的飛奔。或許你來，或許你不來。

每個人的揚翅，都是爲了往唯一的去處飛去，誰也不例外。

至少，我們都會在幽冥的那頭重逢。這就足以安慰。

蝴蝶養貓

之一

Dear祥介：

嗯，我辭職了。你不用多想，並不是鍾副總逼的。

只是，我想試試看，放棄了這個「安全感」我還有沒有其他的道路可以行走。

安居在某個地方或某個人的臂彎都是危險的。這樣的安居會不會麻痹我的鬥志和警覺，我不知道……

今天，是我三十歲的生日。我在想，我能夠走到哪裡去……起碼我能夠確定的是，我已經一步步的走向三十一。

閒晃了幾個禮拜，我又找到了份工作。和以前的工作沒有一點相似的地方……只是，我喜歡這兩個奇特的老闆娘，和她們的兩隻貓。

那是一家叫做「蝴蝶養貓」的咖啡館，若是你回到台北來度暑假，我一定會帶你來逛逛。

愛你 染香

寄出了e-mail，染香伸伸懶腰，準備出門。她仍維持著上班族的習慣，不到八點就清醒，澆完花，寫封e-mail給祥介，時間差不多了，就步行到「蝴蝶養貓」。

會發現蝴蝶養貓，其實是個意外。

這幾年，她上班的路線都是固定的。出門，右轉，走進捷運站。辭職後的第一個禮拜，她還是維持著這樣的路線閒晃。

某一天醒來，她發現自己又要右轉的時候，不禁笑出來。

太陽這麼明媚，街上的行人這麼歡快，她卻固守著莫名其妙的方向感，執意要右轉。

右轉就是對的方向嗎?那麼，她應該試試不那麼對的左轉。

左邊有個小公園，她卻一直沒有發現。

一面閒逛著小公園，幾家很有特色的咖啡廳消磨著早餐和午餐，一家家打著分數。一直逛進「蝴蝶養貓」，她像是打開另外一個世界，再也不想離開。

長髮薄面的老闆娘，嬌弱著纖長的身影，對她淡淡一笑，「歡迎光臨。」

她卻注視著鬱藍天花板那串豔黃小蝶，無法移開眼睛。風一吹，薄薄的小蝶群像是舉翅在天空翩翩著。

整個咖啡館的擺飾都是蝴蝶，各式各樣的材質，大大小小。連端上來的花茶，茶壺和茶杯都嵌著金絲素面小蝶。除了蝴蝶，就是書。一大架一大架的書，像是在圖書館裡。午後客人不多，卻也不少。有攤著功課的學生，也有頭髮白花的老奶奶，戴著老花眼鏡在看七俠五義。或是上班族女郎正在看漫畫。

橡木地板有兩隻小貓享受著溫暖的初夏陽光，安祥的睡眠，身上的虎紋沐著金光。

原來如此。這就是「蝴蝶養貓」這個名字的由來。

「看中了什麼嗎？」另一個嬌豔豐滿的老闆娘走過來，她才發現自己盯著牆上的貓戲蝴蝶湘繡出神。

不大好意思的一笑，「好細手工。」人家的擺設，怎麼可能出售？

「大陸手繡的。朋友帶了來，算是托售。」她嬌媚的鳳眼眨了眨，身穿改良式寬身荷花旗袍，大滾邊，看起來這麼賞心悅目，「若是喜歡，價格在下邊，隨意看看。這兒有標價的都可以問問，要記得殺價。」她眨眨眼。

第一次遇到要客人殺價的店家，染香笑了起來。

「我姓夏，夏天的夏，夏月季。」她招招手，剛端飲料過去的另一位老闆娘薄笑著過來，神情淡淡的溫柔，「她是楊靜。」

「我姓沈，沈染香。」她望望不小的店，「就兩位老闆娘？沒有夥計？」

「好眼色。」月季歡快的說，「沒辦法，兩個老女人，一看就知道是老闆娘。染香？第一次來？」她轉頭跟楊靜說，「這名字好聽得緊。」

楊靜笑了笑，淡得幾乎看不見，「跟這店有緣。」

想了想，月季拍了手，「可不是？哪隻蝴蝶不遍染香群？要不要來上班？這麼一來，我們可就有隻貨眞價實、活色生香的『蝴蝶』了。」

「妳呀，成天想休假。」楊靜輕輕的拍拍月季的頭，「幹活了，盡絆著客人講話。」

染香笑眯了眼睛。之後幾乎天天都來，楊靜和月季忙不過來的時候，也幫著送水杯送飲料的。有回興起，幫著炒了幾個家常菜，客人讚不絕口。

「要不要來？」連楊靜都淡淡的跟她說，「非常累、薪水也不多。當個安身立命的地方倒也可以遮風蔽雨。」

笑著，「不怕我把水杯倒到客人的懷裡？」第一天幫忙就出了事情，那個客人一跳，裙子上都是水漬。月季馬上過來道歉，還請客人上樓換了原本要賣的裙子。客人不但沒生氣，反而買下那條手染的寶藍蝴蝶一片裙。

「那算什麼?」月季伏在桌子上大笑,「第一天開店,連楊靜都沒有,我忙到哭出來,客人一邊掏手絹安慰我,一面幫著炒菜招呼其他客人,我只顧著蒙面大哭。」

楊靜點了菸,笑意在煙霧後隱隱,「我來幫忙,她也不見得少哭一點。不知道是誰,滿盤牛奶冰上面擺了顆滷蛋,叫客人不知道怎麼吃。」

大家嘻嘻笑了一會兒,在關了店門以後。輕鬆的抽菸,喝點小酒。

「我實在是笨手笨腳。」有時候真搞不清楚自己到底是來幫忙呢,還是來砸店的。

「太客氣了啦!」月季拍拍她的背,「這年頭有幾個女孩子會煮菜的?我還去上過課哩!我的菜實在滿折磨客人的胃;若要楊靜煮菜不如謀殺她比較快。」

「這沒什麼……」染香笑笑,「誰若嫁個挑嘴的男人,想要不會煮菜都不行呢……」即使如此,前夫還覺得她煮的菜難登大雅之堂,也對,她到底只會一點家常菜,「菜煮得好,還不是離婚了事……」驚覺眼淚落在手背上,才發現自己居然哭了。

順手遞了手絹給她,「我也嫁過,有什麼關係?婚姻只有三種形態。第一就是離婚,第二就是當了寡婦,第三就是還沒看膩就早死。我是第二種形態唷,妳看得到的這些蝴蝶,大部分都是我過世丈夫做的。我們才結婚三年多哩。」月季一面喝著馬丁尼,「若是離婚能讓他活得好好的,我倒是不介意離婚。」
「不……」或許是酒精，或許是自己承受太久，「我當過別人的情婦……」
月季翻翻白眼，「夠了，我當過舞女哩。還不是不特定物件的情婦？當太太不會比較高尙啦，」她笑嘻嘻，「如果沒有愛情也沒親情，跟高級賣淫沒兩樣啦。」
「我跟前任男朋友同居六年。」楊靜指指自己，「我這個情婦當得最沒價値，免費洗衣服打掃幫著寫論文，連『結婚』這種正果都沒修煉成，到現在還孤家寡人。」她的笑容依舊淡然，「但也幸好沒結婚。」在她們寬容的笑容中，染香迷離的淚眼中，覺得她們這樣堅毅美麗。
「別傻了，」月季的笑容蘊含著堅強，「活到這把年紀的女人，哪個沒有故事？要不是有這些故事，又怎麼能夠活得精彩？人生太長太無聊了……」
「誰不是往死裡奔？」靜淡淡的接上話，「但是活成什麼樣子，只有妳自己才能決定，讚美或譴責……別人？別人只是別人。」
第二天她就來上班。或許她想從這兩個奇特的女人這裡，找到自己的方向。
因爲她來上班，原本星期一的公休，也就可以用輪休的方式開店。
「太好了，」退休的老客人開心極了。「要不然，禮拜一都不知道到哪消磨時光呢。」
她漸漸發現，許多人拿「蝴蝶養貓」當生活的重心之一。退休的人到這裡看書，和老朋友相聚喝茶；考試的學生來這裡念書，整理論文。說一聲，老闆娘還會慷慨的把ＡＤＳＬ的網路分享給客人用；上班族來這裡跟客人碰面，要不就來這兒蹺班；年輕的家庭主婦偷一點閒，來這兒找一會兒的清靜，或是跟老闆娘們吐苦水。

這兒跟公司的爾虞我詐距離得多麼遙遠……清靜單純的人際關係，分分合合都像是自然的四季一樣。

「喜歡這裡嗎？」楊靜在休息的時候，這樣淡然的問。

「成本撐得住嗎？」她還是務實的，「多了我一個人的薪水？我算過大概的成本，除了我們的薪水，幾乎沒什麼賺。」

「不用怎麼賺錢。我們本來就不是指望這裡賺錢的。」她安然的笑笑，點起菸，三五的白霧繚繞，「我們的物質慾望都低，只希望能有個最後歇腳的地方。或許這半生已經看得太多，太複雜，我們只希望能夠安然的活過每一天。這樣很好，雖然不很賺錢，到底也夠我們旅行幾趟——若是能有時間的話。」

這樣生活，有什麼不好呢？她每天來開店，端水杯，整理內外，中午的時候炒幾個菜，跟客人聊天，晚上又是另一批黯然的客人，帶來另外的故事。

生活的步調慢下來，她突然有找到家的感覺。

之二

Dear祥介：

這個禮拜一我將會回家一趟。可能有幾天不能寫信給你。

家……轉眼已經好幾個月沒回去了。父親聽說我離開亦達，他震怒到勒令我立刻回去跟他報到。

這個家，自從母親過世以後，已經完全不像我的家了。我也不懂，父親將我放逐在他的生活範圍以外，為什麼還希望我成年以後，再回到他的掌握之中。

我不能理解。婚變只得到他的一個耳光，他也有了妻子兒女，又何必關心我的生活？只是繼母哀求我一定要回去，我還真不知道為什麼呢。

這幾天不能給你信，你要乖唷。

再兩個月就是暑假了，你會回來嗎？我在這裡等你。

愛你

染香

搭飛機還是讓她很不舒服，或許這種不舒服不僅僅是爲了暈機。

自己提著包包回去，走進大門，繼母緊張兮兮的在圍裙上擦了幾下手，裝出勉強的笑容，「染香，回來啦？」

「阿姨，我回來了。」她儘量自然的打招呼。

「應該叫媽媽吧？現在還喊阿姨？」爸爸不高興的臉轉過來，繼母瑟縮了一下，「漢霖……不要緊啦……」

「妳這個媽是怎麼當的?!」父親大怒，「妳就是這個樣子，染香才會看不起妳！不把妳當長輩看！」

這時候弟弟哭了，緊張害怕的繼母才像是解脫了一般，「我去看弟弟……」跑進房間裡。

眞正看不起繼母的，是你，爸爸。染香在心裡想著，臉上儘量不露出不以爲然的樣子。

「妳！離婚就算了，居然連亦達那樣的好工作都不想幹?!妳不想再婚，偏偏去跟已婚的男人混?!妳說，到底有沒有這種事情?!」

「沒有。」起碼現在沒有。而祥介還沒結過婚。

父親長篇大論的說教時，染香發現異母妹妹在樓梯口好奇的張望，小小的臉孔像是花蕊一般。

她對妹妹眨眨眼睛，繼續端坐著等父親說到累。

等父親眞的累了以後，也到了就寢時間。端坐了幾個小時，她全身都僵硬了。躺在乾淨卻陌生的房間，妹妹小心翼翼的探出頭來，害羞的小聲叫著，「姊姊？」染香轉頭，笑笑著招手，她興奮得跑進房間，躺在她的身邊。

攬著這個小小的女孩，她輕輕歎口氣，繼母只大她兩歲，連專科都還沒畢業，就懷孕嫁給了父親。如果她早點生孩子，女兒比妹妹小一點而已。

怨恨繼母麼？或許曾經恨過的；只是她漸漸長大，看見曾經如花般盛開的美麗女孩，漸漸挫磨銷蝕得蒼老而驚惶，反而覺得同情。

「姊姊，台北好不好玩？什麼時候可以跟妳去玩？」妹妹興奮得問東問西，她摸著妹妹柔軟的頭髮，跟她扯些家常，從她清澈的眼中看到渴望親情的影子。

自從母親過世以後，父親越發嚴峻，早早脫離家庭的她，反而幸運。重建這個家，父親倒是過足了皇帝的癮；妹妹這樣美麗的頭髮，卻被硬剪成短短的學生頭，只因爲父親覺得這樣才有「學生」的樣子。父親，你已經退休了，不再是學校的訓導主任；繼母和弟妹不是你頑劣不堪的學生。

「爸爸最近在幹嘛？」她起身掏行李，在妹妹的頭髮上別蝴蝶髮夾，「這要小心收好，別讓爸爸看到了。」可憐嘴唇脫皮，她翻出自己的護唇膏，「這也要收好，到學校塗就行了，多喝點水，女孩子的嘴唇要照顧。」

「爸爸？」妹妹照著鏡子出神，「爸爸現在在夜校兼課，所以我少挨了好多打。姊姊，好不好看？」

染香點頭，神情卻不禁黯然。「這個，」她掏出一小箱蝴蝶家族的保養品，「記得給媽媽，知道嗎？」繼母身上是一點錢也沒有的。

這個陰沉的家實在感覺不到家的氣味。只是幾個小時，她卻懷念起蝴蝶養貓。

「回家是應該的。我們沒有連假，讓妳這麼久都沒回家……」靜在逆光中微微笑，「多玩幾天吧。」

她現在卻想馬上回蝴蝶養貓。

若不是有妹妹，連一天都待不不去。

天亮家裡空空蕩蕩，父親去公園，妹妹上學，只有繼母帶著還在餵奶的弟弟，跟她在家。

繼母還是緊張的，欲言又止的。她百無聊賴的翻完全部的報紙，發現繼母僵硬的想開口，染香先打破寂靜。

「阿姨，到底是什麼事情？這樣急著叫我回來？」

她一驚，險些把弟弟摔在地上，小小嬰孩驚惶的哭著，她一面拍著弟弟，終於鼓起勇氣，「染……染香，妳……妳可不可以放棄繼承遺產的權利？」

染香愣住了，她倒是沒想過繼承不繼承的問題。繼母怎麼會突然提起？

「爸爸身體不舒服嗎？」她回憶父親的樣子，看起來非常健朗。

「沒有沒有，漢霖身體很好。」話說出口，她驚惶的樣子也消失了些。

她望著繼母，柔弱沒有主見，總是那麼聽話順從的女人……她腦中靈光一閃，「爸爸要妳跟我說的？」

「不不不，」繼母又慌張起來，「不對不對，漢霖……漢霖什麼也不知道……拜……拜託妳，染香，請妳……請妳拋……拋棄那個……什麼……什麼繼承權……」她抖著從抽屜裡拿出一份打得整整齊齊的文件。

望著她，片刻作聲不得。

「拜託妳，染香，拜託……」她幾乎哭了。

「……他已經老了，可是妳還年輕。」染香心裡隱隱作痛，「妳何苦……何苦……」

「……我嫁了他，有了孩子……」繼母哭了起來，「孩子……」

她簽了名，蓋了手印。

明天天亮我就走。我要回去蝴蝶養貓，把這邊的一切都忘記。

天才亮，就聽見妹妹的哭聲和繼母求情的聲音，蓋過這些的，是父親的怒吼。

染香下樓，發現送給妹妹的髮夾已經摔在地上，殘翅粉碎，父親拿起藤條不住的抽妹妹。

「學生可以帶這種東西嗎？吭?!從哪兒偷來的?!還沒把妳養大就會偷東西！妳這賊！看我不好好教訓妳！」

染香一把抓住父親，「那是我給她的！」

「妳給她的？妳一個人不要臉就算了，還教妳妹妹一起不要臉嗎？口紅！連這個也給她？妳這不要臉的東西！」父親吼完，又吼繼母，「妳怎麼教女兒的？連綠萼都管不動！染香也看妳不起！以前淑繪在的時候……」

聽到母親的名字，染香再也忍不住，「母親已經過世很久了！現在跟你共度餘生的，是這個倒楣的女人。如果說阿姨什麼地方不如媽媽，她就輸在沒有媽媽的四根刺?!你是怎麼也不敢惹媽媽的，因爲你知道她會拼命！」

她衝回房間拎出自己的行李，「我走了，當然也不會再回來。你逼阿姨要我簽的拋棄繼承權利書，我已經簽好了。夠了吧！你跟我之間，再也沒什麼好說的了！」

父親的火氣一下子餒了下去，「我……我沒有……」

「我瞭解你老來得子的喜悅和擔心，」染香提起行李，「但是我不齒你居然要阿姨跟我講，自己卻沒有勇氣面對我的行爲……你當初不是把我趕出去好重建你的家嗎？現在也拿出那種氣魄愛護你的妻女吧！」

她提起行李，走出家門，揮手攔計程車。頰上的淚，卻多不出手來擦拭。

我要回去蝴蝶養貓，那裡才是我的家。回頭已經沒有來處。再也沒有。

之三

Dear 祥介：

我回到台北來了。以前曾經非常討厭過這個污濁的城市，現在才發現，污濁的外表，往往有著純淨的內裡。

我大約再也不會回去屏東，那個讓我難受的地方。或許，這樣也好。父親曾經放逐過我，我也從此從他眼前消失，大家扯平，誰也不欠誰。

我不願意為了所謂孝道勉強自己。對於無情跋扈的父親，我沒辦法有半絲同情。

或許，男人都是自私的吧。為了自己的方便，隨意的續弦，隨意的生子，卻也隨意的糟蹋女人委曲求全的愛意。

希望你長大不至於變成這樣的男人……算是為了你未來的終身伴侶求情吧……

雖然那個女人一定不是我。我還是希望你幸福……如果你終身伴侶無法幸福，你也幸福不了……

即使她屈從於你。

因為，我是這樣愛你，才不樂意你變成這樣的大人。

是的，愛你。

染香

「好了，妳再擦下去，地板要破個洞了。」楊靜看著染香的憔悴，「怎麼回去渡假渡成這樣？沒睡好？」

她搖搖頭，頹然的歎了口氣。

「這樣的假，休來作什麼？」她坐在染香身邊，「有心事？」

「我不懂我繼母。」她開始娓娓道來。

「有的女人認爲屈從就能夠穩定婚姻，有的女人以爲強悍就能穩定婚姻，」靜搖搖頭，「事實上，兩種人都會成功或失敗。合夥人若是沒有意願，怎樣都會失敗的。」

染香勉強笑笑，「說得讓人不敢結婚。」

「我是不敢。」靜坦承，「下次連假，我們去日本小樽吧。我一直很想去看看那種小酒館風情。」她眼中有淡淡的憧憬，「不知道跟我們蝴蝶養貓像不像。」

「我們兩個一起去，月季會宰了我們倆。」靜聽了笑起來。

月季倒是沒有意料中的柳眉倒豎，只是說，「唷！靜要去日本玩？我勸妳別去當電燈泡，她可是有小情人在那邊的。」

她想到祥介，臉紅了起來，「呃……呃……靜有男朋友？常來的那位學弟先生呢？」

「彥剛？得了，那傢伙早有女朋友了！不曉得靜跟他耗啥……靜有個年輕帥勁的這個唷～」她比比小指，「可憐沒辦法相認的男朋友唷……」月季撢了撢倉庫的灰塵，「她男朋友是以前的家教學生，現在是日本黑社會的老大……相差十來歲哪……」

「妳又嚼什麼舌頭？」靜冷冷的，「妳那攝影師在外面桌子坐得脖子都長了，妳就躲在這裡？」

跟這兩個女人比起來，自己的故事，顯得很平常。

或許，現在的女人想平安活到這種歲數，已經變成奢望了。我們只能接受生命給我們的種種傳奇，寂寞或不寂寞，都是演義故事一般。

前一代的女人只能忍受命運的撥弄，說自己是油麻菜籽，現代的女人多了點行動力，但，逆風還是得翩翩飛舞。這是我們獨有的命運。

這種波濤洶湧……她望望兩天空蕩蕩的e-mail信箱，若是祥介就此失去連絡，她或許只會哀哭一陣子，還是站起來抹乾眼淚，繼續前行。

只能這麼做……

準備開店，她邊看書，邊等第一個客人進來。

丁咚一聲，進來一個戴著墨鏡的高大男子，英挺的鼻子和優美的唇看起來年輕，靜卻摔破了一個盤子。

她詫異，這樣冷靜的楊靜，居然會失手。

那男子拿下墨鏡，擁住呆掉的靜。

就是那個……她忍不住唇上的笑意，撿著地上的碎片。

當客人戳了戳她的背，回頭時，她又摔了碎片第二次。

「祥介？」

他疲倦的容顏露出陽光般的笑容，擁住呆掉的染香。

剛走進來的月季睜大了眼睛，打了個呵欠，一大早大家搶著表演限制級。她出去，在門上掛著「休假中」的牌子。

正好回去補眠。

或許她也該去找個小情人？有著光滑皮膚，清澈的心智，還沒有污穢成大人的少年。
雖然不可能長久，但是……啊……他們堇花似的乾淨眼睛，可以洗滌我們疲憊破蔽的心靈……
在他們長成大人之前。

帶著惡魔的面具

或許，這段情感一直保持在遙遠的距離，比較幸福一點。

靜的男人只待了兩夜就離開，祥介留了下來。但是，靜應該比她幸福許多。

而染香，卻越來越沉默，越來越憔悴。

祥介回到台灣，已經半個多月了。她卻只見到他一次。

其他的時候呢？

他要回家，他要去逛好久不見的台北街頭，他還有數不完的明友要約見面……

起初還每天都有好幾通電話，漸漸漸漸，他像是沉沒在人海，漸漸消失了蹤跡。

夜裡，染香開始失眠。一封封的翻閱著他寫過的e-mail，對照著自己寫過的心事。她還是保持著不到八點就起床的作息，還是在上班前寫信給祥介，卻只儲存在草稿。

這樣也好，若是這樣兩忘，也好。再也不要打擾我的安寧，再也不要激起我的心湖。讓我的心漸漸冰凍而冷硬，再也不要來。

再也不要。

但是當他滿身酒氣的出現在染香面前，她還是含淚的抱住他。

或許，她一直都是懦弱的。不想面對相愛或相處的難題。失去祥介，失去可以思念的方向，對她來說，簡直是種可怕到無法想像的極刑。

所以，她安靜的工作，一切如常。靜和月季雖然有些知覺，但是成熟的女人，並不硬去挖掘別人的心事。

這讓她覺得安寧，卻也不免覺得寂寞。

這樣的寂寞，她只能靜靜的在夜裡不住的閱讀，將空虛抵擋在閱讀之外。只是，她讀到奧利佛・薩克斯的《睡人》，她還是忍不住震動得發抖。

鏡子裡的自己，木然的表情，看起來就像是面具一樣。她居然也像這些嗜睡症患者，不由自主的戴著面具；內外都已經崩壞。

除了木然，她不敢有其他的表情。害怕自己因此連最後的自制都消失，不知道要沉淪到什麼地方去。

再連絡，又是兩個禮拜了。

「你在哪裡？」染香的聲音還是平靜的。一直被動的等著他的電話。

「在家呀。」祥介的聲音還是很歡快的，「誠品有曬書展，我們去逛逛好不好？」

像是什麼事情都沒有發生，染香看著他發亮愉快的臉龐，懷疑疏離是不是自己的想像。

他一定是太稚眞了，才會這樣的疏忽吧。他不瞭解，染香怎樣的等待他的歸來，將自己苦苦的站成哪裡也去不得的鹽柱。

畢竟還是個孩子，異國的孤寂，只能在偶然的歸國得到解放。畢竟他的根在這裡，朋友也都在這裡。

染香請了假，和他一起漫步在廣大的會場。買了許多書，她的心情非常愉快，若不是他輕輕的擺脫染香的手，或許苦楚不會湧上來。

「祥介！」美麗的少女興奮的抓住他，「你回國了？什麼時候回來的？」連珠炮似的問了一堆問題，眼光才瞟向染香，「這是……？伯母嗎？」

祥介支吾著說不出話，染香柔柔的一笑，「不是。我是他的表姊，請他跟我來搬書。」

少女笑瞇了可愛的大眼睛，「表姊，妳好！我是祥介的同學林嘉慧，祥介提過我嗎？嚴格說我們不是同個學校的，不過都是補習班的同學。祥介壞死了，出國居然跟我分手！你這王八蛋！」她笑著打了一下祥介，「誰讓你一個人決定？我才不要分手！」

祥介的臉蒼白了一下，就像染香蒼白的心。

「既然遇到女朋友，祥介，書我自己拿就好了。」她按按嘉慧的肩膀，「你們很久不見了？好好聊聊吧。」

她轉身離去，連回頭都沒有。

晚上祥介打電話過來，良久沒有說話。染香也在電話這頭沉默。

「我跟她不是像妳想的那樣。」他勉強著，「我跟她……」

「我什麼也沒想。」染香回答，然後是沉默。

「我已經跟她說清楚了。」祥介越說越低聲，「……染香，不要生氣。」

「我沒有生氣。」然後還是沉默。

窒息般的沉默像是會尖叫一般，充斥著兩個人的耳膜。

「沒事了嗎？」染香打破寂靜，「那，晚安了。」

她輕輕放下電話。

不，傷害她的，不是祥介的小女朋友。眞正傷害她的，是祥介覺得羞辱的那一甩手。

她面朝下的躺在床上，覺得心臟的血液流得非常湍急，四肢卻沉重無力，連拿起拚命響著的電話都沒力氣。

努力了一下子，她拿起枕頭砸下正在響著的電話。無線電話在地上彈跳兩下，連電池都摔出來，當然也安靜了。

她還是睡著了。在不安穩的夢裡泅泳，幾次滅頂。醒來的時候沒有眼淚，只是眼睛腫得驚人。

她以為自己已經嘗透了痛心的滋味，卻沒想到無淚是這樣的味道。

哭得出來就好了，她愣愣的刷著牙，任電鈴不停的響著。郵差麼？她想。也對，八點多了，應該是送信的時候。

一開門，祥介滿臉的淚痕。

「我知道我很自私。我知道我很過分。但是我不知道會遇到她……」他就這樣哭著，在她的門口。

染香沒有說話，只是安靜的看著他落淚。

「我一夜都睡不好……我知道這段日子都冷落了妳……只是我還有好多事情想做，我再兩個月就要回美國了……染香……不要不理我……」他的眼淚很美，在長長的睫毛上面掛著珍珠似的淚珠。

染香卻哭不出來。她輕輕拍拍這個任性自私的男孩子，任他在自己懷裡哭泣。

純真是種殘酷。她卻連保衛自己的能力都沒有。

這次的懺侮，效力維持了一個禮拜。

祥介每天來接她去上班，等她下班，不忘打電話給她。每天中午都來蝴蝶養貓吃中飯。

等染香的臉上有了笑容以後，他也安下心，小心翼翼的說，「染香……我想去花蓮走走。有幾個朋友說要到花東去玩。」

對於祥介，她的氣都生不長。也對，回來一個多月了，想要去玩玩，也是應該的。

「你去吧。自己要小心些。」她溫柔的整整他的衣領。

看著她失魂落魄的樣子，靜搖了搖頭，「妳也放幾天假吧。這樣日日消瘦下去，我看不過眼。」

「……店裡忙，我怎麼可以自己休假。」她還是繼續洗著盤子。

「去休假啦。」月季也對她喊著，「陪陪小男朋友。反正下下個月我和靜都要輪休長假，妳不用太開心，只是讓妳的假提前，下下個月妳是沒假可放了。」

但是祥介是不要我陪的。她露出淒然的笑容，接受了。

看著她默默回去的影子，靜歎了口氣。

「她是註定要傷心的。」她開始打掃。

「起碼愛過了。」月季算著帳，「跟這樣美麗的男孩子。」

「美麗的男孩子就有權力為所欲為嗎？」靜不以為然，「誰也沒有特權傷害另外一個人。尤其是深愛自己的人。」

＊＊＊

染香不往花蓮，卻往新竹去。

雖然機會很小，她還是不希望遇到祥介和他的朋友。她很清楚祥介對於別人的眼光很介意。若是有人注意到兩個人牽著的手，他會尷尬的放開來。

一個大他這麼多的女朋友，的確是很尷尬的。

女朋友？我真的是他的女朋友嗎？染香突然迷惘了起來。祥介的女朋友，應該是那個爽朗美麗的少女吧？

那麼，我又是祥介的什麼？

她不願在家裡讓這些苦楚啃噬，去了很久以前就想去的北埔。

站在慈天宮，她望著秀氣的燕脊，在寧靜的小村落散步，即使有些遊人，也只增添了節慶似的氣息。

該常常出來走走的。一直待在同樣的地方，等著幾乎絕望的人，這不該是自己的生活。

深深吸了一口氣，傍晚暑氣已消，清涼的晚風吹拂著這個客家小村，她站在不大的廟口看著虔誠的紅姨仔請神，莊重的踏著三七步。沒有鑼鼓和喧天的念經聲，這樣安靜的請神扶乩反而讓人覺得分外莊嚴。

沿著小小的街道走了這麼久，她想找個地方歇腳，或許喝喝擂茶。

她走進一家古色古香的茶館，老裁縫機作成桌子，牆上有著美麗槅花。牆邊擺著整套的古老梳妝鏡，幽幽的發著模糊的光。很有意思。

拿著木棒研磨缽裡的花生茶葉和芝麻，混著抹茶粉，芳香撲鼻。除了她是一個人外，其他桌不是一大群人，就是情侶。

祥介回美國前，應該帶他來喝擂茶。想到他，心裡又是酸楚又是甜蜜，隔壁桌的情侶笑鬧著，男孩子輕吻著女孩子唇角的抹茶粉。

青春是這樣的濃烈……愛情是這樣醇厚……

她卻覺得擂茶在她胃裡糾結成塊。她慌張的起身，發著抖到櫃台結帳。

「表姊？」女孩子驚喜的叫著，「這麼巧？祥介，你表姊呢！」

染香深吸一口氣，轉過身，定定的望著應該在花束的祥介。他的臉慘白以後又漲紅。

她舉起手，逼上前，眼角卻看見自己的面容在幽暗的古鏡裡露出猙獰。

像是戴著惡魔的面具。充滿了妒恨和痛苦而扭曲著。

蒙住了自己的臉，她發出了尖銳的哭聲，轉身用自己也不相信的速度飛奔。

一直跑到自己的心臟幾乎爆裂，鞋跟斷裂爲止。她臉上凝著乾涸的淚痕，怔怔的望著漆黑的夜色。

這仲夏，夜裡的風這樣淒寒。

她連夜搭計程車回去，從新竹到台北。臨下車，才發現她的皮包遺失在擂茶店裡。

疲倦和厭煩席捲而來，她怔怔的坐在後座。

我可以去麻煩誰？靜？月季？或許。

她卻向司機先生借了手機，撥給世平。

世平付清了計程車錢，扶著她。

「我沒有鑰匙，回不了家。」她痲木的坐在街道邊的長椅，「可不可以……」

世平默默的開了車，送她到麗晶過夜。

一摸到床，她倒頭就睡。痲木的睡了二十個小時。世平下班來帶她去吃東西，她吃了兩口，煩惡的感覺湧上來，衝去洗手間吐。

世平什麼也沒說，只是默默的照顧她。

「你還想照顧我嗎？」吐太久，胸口疼痛，連喉嚨都吐出血絲。她沙啞著嗓子。
「妳仍然是我想要的阿普沙拉斯。」世平輕輕拍著她的背。
天界的蝴蝶？祥介多久沒這麼稱呼過自己了？一切都會磨滅。都會在時間中磨滅。只是……爲什麼不親口對我說？爲什麼要挽留？
她不想再問。看到自己猙獰的面容，她不願意再看到第二次。那個惡魔的面具。
「好。」她閉上眼睛，非常疲憊的，「讓我離開這一切。我不願意在台北。」我是不該回來的，這裡沒有任何人等待著。
她在麗晶睡過了自己的假期，然後憔悴的到蝴蝶養貓辭職。
靜只點點頭，「祥介來找過妳。」
她表情木然，「我已經讓別人收藏了。」
靜沒有回答，只是輕輕歎息了一聲。
「妳瞧不起我，對不對？」染香的聲音尖銳起來，「妳覺得我沒用，對不對？對呀，我沒有男人就活不下去！我就是要這樣墮落，我再也不相信什麼！我明明知道這一切，卻還是自己過不去！誰也不能怪，那就怪我自己好了！一切都是我不好！這樣可以嗎？這樣可以嗎！」
「我爲什麼要瞧不起妳？」靜的聲音還是這樣寧定，「女人輸在總是把愛情當信仰。我也曾經有過這樣的時光。」她的眼神遙遠，「我花了許多時光才擺脫這種信仰……」

染香把臉埋在掌心，「妳懂什麼……妳有遠在日本的男人……」

「我什麼也沒有。」靜打斷她，「我們是永遠的平行線。他來或不來，都和我沒有什麼關係。我不企盼，也不希望。沒有希望，就沒有絕望。很久以前，我就決定不再絕望了。」

望著她很久，染香痛哭起來，靜抱著她，輕輕拍她的背。

「妳的路，要自己去走。」不管是不是荊棘遍佈。

活在這個世間，每個人都是孤獨的。

世平雇人把整個家的傢俱打包，運到台中。她只是默默的坐在車子裡，默默的任世平帶她到任何地方。

「妳一個人在台中……需要幫妳找個伴嗎？」世平擁著瘦了這麼多的染香，有些驚恐她那種兇猛的生命力居然這麼快就枯竭了。

「我會好的。」她搖搖頭，眼睛開始有生氣，「你確定還要照顧我嗎？你做的一切，我無法回報什麼。」

「我不要妳的回報。」他溫柔著，輕輕撥著染香額上的髮，「只要能夠照顧妳，靠近妳，這樣就夠了。」

為什麼這麼好的人吻我，我卻連一點感動也沒有？

拉開簾幕，從十二樓往下望，整個台中乾淨得像是夢裡的城市。她望著如霧中的建築，像是什麼也不想，也什麼都想。

睡很多，吃得卻很少。但她還是開始整理廚房，添購很多鍋碗瓢盆。這樣世平來的時候，她就能煮出一桌好菜，讓豢養她的男人覺得值得。

漸漸的，她恢復了健康。只不過是一個月的時間，她已經像是沒事人一樣。

心裡的傷誰也看不見。而她，也默默的走過了三十歲。

一切都會過去，傷心或悲哀，都會過去。

遺失在北埔的皮包她再也沒有回去拿，裡頭有不多的現金和手機，證件和曾經伴她許多孤寂夜晚的照片，祥介的照片。

證件再辦就有了。手機丟了也可以換支新的，順便換個新號碼。而世平是慷慨的。

至於照片……

她已經將電腦裡所有祥介的信和自己的回信盡數刪除。如果記憶可以刪除，她也希望刪個乾乾淨淨。

這樣就好了。她驚異自己居然好端端的活過來。不總是這樣嗎？她以為會死於傷心，結果傷心只會讓心結上更深的疤痕。
疤痕只會讓自己更強壯。

她默默的在台中生活下去。關在冷氣房裡，從家裡到有冷氣的計程車，然後到另一個有冷氣的百貨公司或電影院或圖書館。白天她也只會去這些地方。

夜晚才出來四處遊走，在露天的咖啡座裡靜靜的喝著咖啡。

她不再野，幾個有名的pub不再見到她妖冶的蹤跡。她規規矩矩正正經經的將頭埋在書堆裡。要不就在廚房裡煮不會有人吃的菜。

不知不覺中，她居然渡過發著高燒的夏天。

世平每個禮拜都來探望她，染香帶著淡淡的笑，溫柔的對待他。

「沒想到，我眞的得到了阿普沙拉斯。」他擁著染香，激情後，染香的身上有著細細的汗。

因爲你一直想要祥介的一切。或者說，祥介名義上父親的一切。越瞭解他，染香越有著悲憫。妾的孩子總是沒有地位的，在這種不公平的競爭裡，庸懦的大哥卻擁有能力卓然的自己所望塵莫及的一切。

世平一定很不甘心吧？所以他搶了大哥的妻子。大哥意外過世，只有大嫂和自己才知道，這個遺腹子是自己的孩子。

一方面疼愛著祥介，一方面又忌妒著自己親生的孩子。這種不平衡，只有借著奪走祥介愛過的女人才能平衡。

但是，你不知道，祥介並不怎麼把這個女人放在心裡。所謂的千里追尋，只是一個少年偶發的浪漫情懷。

感激這個在絕境時拉她一把的男人。如果能讓他高興，她會盡力的。

包括見祥介。

她以爲自己會哭，會抓狂，會痛苦。沒想到見到他時，心裡只掠過淡淡的悲哀。

果然一切，都是不值得相信虛妄的。

「好久不見。」她淡淡的打招呼。

「妳……妳怎麼可以……」他紅著眼圈握拳，「就算要報復我，也不該……」

「我並不是報復你。」她有些歉然的，「只是剛好世平拉了我一把，我又不認識其他人。」

祥介握著她的手，嚷著說著他的痛苦和懺悔，她卻有些恍神。我真愛過他，是吧？但他真的愛我嗎？

有人真的愛過我嗎？

說不定誰也不曾。

「那是幻覺。」她好脾氣的拍拍祥介的手，「是幻覺。你並不眞的愛我。你連跟我在路上牽著手都會羞赧。你只是誤以爲愛我。」

「不是！」他激動起來，「絕對不是！我愛妳，是眞的！」

「那麼，你還愛著其他女孩？」她微微笑，「大約是我很沒有魅力……這我當然是知道的，畢竟我比你大這麼多，比起年輕女孩……你和她們一起是比較配的……」

「不是！」他的臉扭曲了起來，「沒錯……除了妳以外，我還有其他的女孩。但是，我跟她們只是玩玩而已。我也不知道自己爲什麼要這樣……我知道我很壞！但是……我沒有妳不行……」

「沒有誰是不可或缺的。」她的面容蕭索了起來，淡淡的哀傷，「你不該玩弄這些女孩子。沒有誰該接受這種命運。」

她的肩膀垮下來。祥介現在猙獰的自私的臉，像是戴著惡魔的面具，貪慾的。讓他天使般的面容，有著恐怖的皺紋。

你也長大了。還是說，你一直是這個樣子，只是我被自己騙了？

原來幻覺……眞正有幻覺的，是自己。

「再見。」她溫柔的按按祥介的手，「不再見了。」

人海淚海各自茫然吧。

是夜，世平到她的跟前，第一次食不知味。

「怪我嗎？」他抬頭，「我告訴祥介地址。」

搖搖頭，「你一定有你的理由。」

發現她這些日子不正常的柔順，世平有點心慌的解釋，「祥介像是瘋了一樣，不肯回美國去，天天發狂的在街頭找妳……」

失去才來痛悔嗎？果然是孩子的行爲。這個世紀，誰會珍惜堅忍的守候？除非失去。

「他只是一時的孩子氣。」她還是淡淡的，「試試看，我剛學會的焗烤馬鈴薯。」然後絕口不再談祥介。

她不寂寞，一點也不。只是孤獨而已。爲了不讓獨處的時間太難熬，她開始學了許多沒有用的東西，比方說雕塑。

老師要驗收成果，卻發現她做了個面具。

兇惡的表情，恐怖扭曲的角。在這樣的猙獰裡頭，面具的眼角卻黏著兩行水鑽，像是淚珠。

驚訝的老師給了很高的分數，問她有沒有興趣往這條路走。她謝絕了。

本來掛在臥室裡，但是世平非常不喜歡，所以她收起來。

只是誰也不知道，在一個人的深夜裡，她會把面具戴起來，望著鏡子。提醒自己，這樣的猙獰底下，只有悲痛和絕望。

她不願意再看到。

摘下面具，往往只有眼淚而已。

一個香水瓶子的愛情

親愛的靜：

沒有回信給妳，不表示不想打招呼。

每天的日子這樣重複的循環，我像是喪失了生活的本能，溫馴麻木的被馴養在安靜的生活裡。第一次當被豢養的動物沒有什麼麻煩。畢竟墮落是這樣的容易。但是我和我的同類還是相處不起來，我對於這樣不間斷的購物覺得非常厭煩。

有人認為購物能夠發洩痛楚和滿足渴望，我實在不以為然。買書，我習慣在博客來買，然後到附近的7-11取書。若不是喜歡的東西，我不知道買來作什麼。那些誇張甚至是武裝的華服，我要在什麼場合穿？連班都不上了，戰鬥妝當然也用不著上。

倒是附近租書店的老闆娘跟我交上了朋友，大半的時間都消磨在那裡。蝴蝶養貓學來煮咖啡的技巧很有用，老闆娘打我八折，我帶咖啡豆和咖啡機去煮咖啡給大家喝，實在很公平。

只是好人通常不常在我身旁照耀，她即將跟著丈夫北遷，我就要失去了一個喜歡的地方。不知道下一個老闆會是什麼樣子的……失去這樣貼心的朋友，這個租書店再也不會一樣。
我似乎一直在離開，或是等著別人離開我的生命。這樣的分合漸漸不再令我感傷。
這次，我不再想走了。
並不是因為我愛上豢養我的主人，只是，我累了。我的愛情很少，揮灑完了，就沒了。
誰也不愛我，我也不愛誰。這樣很好。不曾擁有，就不再失去。
會不會寄出這封回信呢？我也不知道。或許我會寄，或許不會。如果說有什麼是我一直想回去的地方，或許，就只剩下妳和月季在的「蝴蝶養貓」吧。
知道妳們會在那裡安靜的煮咖啡，會讓我還有家鄉的錯覺。
這樣的錯覺，我覺得很安慰。

染香

聽得門一響，她像是警覺的貓抬起頭，知道世平來了。染香將信隨意的塞進信封，起身歡迎他，忍受著世平在她頰上的親吻，溫馴的。
「該打個電話給我，」她將世平迎到最舒適的沙發，「我才來得及買菜呀。」
「把我餵肥，是妳的終極目標嗎？」世平含笑著，「今天妳吃什麼？」

「沙拉和義大利麵。」

「那很好，就吃這個。」他鬆弛的坐在這個小小的金屋，看著染香窈窕的身影在廚房裡忙著。這樣匆忙，她還是煮了白酒蛤蜊義大利麵，濃郁的奶香味，讓世平整天疲憊的精神爲之一振。

每個禮拜五，世平都會來這裡過夜。染香不知道他怎麼跟自己的太太交代，也從來不問。世平的婚姻生活她不關心。這是世平和他太太之間的事情，至於她和世平，則是兩個人的事情。世平付出不比酒家便宜的價格豢養她，她就應該善盡一個被豢養者的義務。

「阿普沙拉斯，妳愛我嗎？」每每纏綿以後，世平都會這樣問，輕撫著她的裸背。

雖然對這個愚蠢的外號已經激不起一絲感動，她還是會壓抑眼中的嘲弄，「當然。」

當然不。只是她不會說出口。

「妳這個月刷不到兩萬塊。」他有些疑惑，染香不是他第一個情婦，但是物質慾望這樣低微的女人，他反而惶恐，「錢不夠用？」

她搖頭，「夠了，很夠用了。」這麼多錢對她來說，實在沒什麼用處。離婚以後，她一直有儲蓄的習慣。爲了不想當那個哀哀低泣一無所有的棄婦，她努力過幾年。

就算世平把她丟到馬路上，她還是能夠心平氣和的失業個幾年都沒問題。

一開始，世平的確是心滿意足的。自從第一次面試見到她，就讓染香哀戚無告的眼神抓緊。就是那一點觸動，他要人事部給染香備取的機會。默默的看了她幾年，隱隱約約知道她的情路很不順遂，只是沒想到，會和祥介扯上關係。

那一瞬間，他忌妒了自己親生的孩子，然後是淡淡的後悔後悔從她遠調上海以後漸漸苦楚而濃烈，意外的，卻讓染香接受了他。

本來，應該覺得心滿意足的。祥介和染香完了，完得那麼徹底。妻子也不過問他在外的行爲，染香又這樣柔順。

漸漸的，他覺得不對勁。

祥介乖乖的回美國繼續學業，當然是好事。但是他拚命成那個樣子，照顧他的管家說祥介不再放浪形骸，常常用功到深夜，大樓的管理員也會默默把遠從美國寄來的信交給他。

幾乎是每天都有的。

染香雖然從來不曾拆過這些信，任雪白的信淹沒幾個抽屜。她卻像是只有個柔軟的殼子留在世平身邊，跟祥介的這段感情榨乾了所有的內在，裡面什麼也沒有剩下。

他瞥見桌子上那封雪白的信，悄悄的放進自己的衣袋裡。

染香發現信不見了，也並不在乎。世平會拿去寄，她知道。至於爲什麼或看不看內容，她不關心。

她在空蕩蕩的家裡發了一下子呆，然後換了衣服，出門去散步。

台中的冬天還是有著揮灑不完的陽光、她習慣沿著科博館信步行走，大約半個小時就會到租書店，開始挑書，自己動手煮咖啡，坐下來。

看完兩本武俠小說，是吃午飯的時間。回來幫忙整理還書，整理欠書補書資料，看一套漫畫，又是吃晚飯的時間。她讓老闆娘趕回去做晚飯，她自己安靜的吃著便當代班。

老闆娘卻到九點多才回來，而且愁眉不展。

「景氣真的很不好，」她訴苦，「想頂下租書店的人，價格壓得連成本都不夠。」

這或許不是太賺錢的租書店，不過，要粗茶淡飯養老，已經算是很好的地方了。

「談成了嗎？」她淡淡的。

「如果沒人出更高的價錢，也只好頂給他們了。」她舒開眉頭，「我先生已經先去了台北，男人一離開眼前，總是會作怪。」

染香沒有說什麼，十點多離開了租書店，慢慢散步回去。

午夜驚醒，發現月亮從忘了拉上帘子的窗戶照進來，滿室通亮。望著無雲的天空，極深藍的天鵝絨色。若是叫她再啓程，她什麼地方也不想去。

睡吧。明天還可以去租書店。

一起吃著中飯的時候，她淡淡的問，「妳把店賣給我好嗎？」

老闆娘驚訝的看著她，「這……這家店並不賺錢。我連工讀生都請不起。」

「我天天在這裡坐著，店不賣給我賣給誰？」染香眷戀著滿屋紙香，「妳開價吧。」

就這樣，她有了一間屬於自己的店。

老闆娘不肯多收，堅持要用別人的價格，「我不瞞著妳，這店眞的不賺錢，房租也不便宜。」

「我天天在這裡代班，我會不知道？」她還是淡淡的，「既然我沒有工作，這裡很好。」

有人用結婚替自己挖愛情的墳墓，有人生孩子挖青春的墳墓。那麼，讓一屋子故紙埋葬自己下半生，也是種不錯的選擇。

頂下這家店，讓她的積蓄去了大半，剩下的要當週轉金，但是她的心情卻比買名牌衣服還開心太多了。

世平第一次找不到染香，突然覺得非常驚慌。

「妳在哪裡？」雖然知道祥介還在千里之外的雪城，他突然想起，染香這樣視愛情如生命的女人，要誘惑任何人都是容易的。

那種不要命的、兇猛的愛，不也這樣深深牽引他嗎？

「今天不是禮拜五。」她的聲音有一絲詫異。
「不是禮拜五就不能來嗎？」世平稍稍的揚高聲線。
兩個人都靜默了，過了一會兒，染香開口，溫馴的，「我在附近的租書店。我告訴你地址……」
走進租書店，染香正在登記顧客資料，看見他，歉意的欠欠身。「妳不需要在這裡打工，」他覺得歉疚，「如果妳想要……」
「我不是打工。」染香還是溫柔的，「這是我的店。」
注視著她，「妳的什麼？」
「我的店。我頂了這家租書店。」她站起來，「要咖啡嗎？」
世平坐在豔綠色的沙發，接過染香的咖啡。「如果妳想開店，告訴我就好了。」他開口，卻覺得很疲倦、很驚慌。
染香……果然不需要他。
「呵……我有自己的錢。」她微微笑著，溫馴，卻沒有暖意，「打發時間用的。我每個禮拜五休息……」
他抹抹臉，「現在就休息。回家去，染香！」第一次這麼蠻橫。
原本想說些什麼，卻靜默下來。她打電話給老闆娘，拜託她幫著看店。然後靜靜的跟著世平走。

世平不管要她做什麼，她都能夠忍受。在她幾乎崩潰的時候，他善良的伸出援手，不管他發什麼脾氣，做了什麼，她都能忍受。

就算是這樣的溫馴，世乎卻越來越焦躁，最後連家都不回了，一下班寧可開兩個鐘頭的車到台中過夜。

這些染香都能忍耐，但是世平的妻子卻無法忍耐了。

本來只覺得這是個奇怪的客人、沒有誰會穿著香奈兒的套裝來租書店，這位高貴明麗的女客人，卻緊張的站在櫃台，欲言又止。

「想找什麼書嗎？」染香和氣的問她，從她戒備的眼神，染香明白了。

「鍾太太？」

兩個人對望了很久。「沈小姐？」

「坐。咖啡好嗎？」染香還是溫柔的。

接過了咖啡，兩個人默默的對坐，什麼也沒說。客人來借書還書，染香過去忙了一下子，又回來坐著。

星期四的下午，沒有什麼客人。兩個人這樣對坐著。華貴的香奈兒對著樸實的小唐裝；嚴整的胭脂水粉對著蒼白的淡掃蛾眉；捧著相同的咖啡杯，一樣靜靜的等著太陽西斜。
「或許，我該慶幸，幸好是妳。」她站起來，容顏抹著淡淡的哀傷。
這種哀傷染香很熟悉。她曾經這樣哀傷許多年，許多年。
「不管是不是我，妳都不會慶幸的。」她不是挑釁，只是說明。
鍾太太也點著頭，眼神渙散的，「是呀……但若不是妳，又不知道是哪個小歌星……我會覺得被辱。」
她安靜的離開。
並沒有告訴世平，她卻開始若有所思起來。
「分手，我要付出什麼代價？」世平聽她這麼說，霍然站起來，盯著她，沒有說話。
若是別的女人，大約早嚇得發抖，她卻靜靜的喝著自己的花茶。
「妳什麼都不能帶走。」世平嚴酷的，「除了妳的衣服。」
她點頭，「謝謝。」
「為什麼？我做得還不夠嗎？」他激動起來，「妳還希望我怎樣？離婚來娶妳嗎？如果這就是妳要的……我……」
「不。」染香無意識的撫著桌巾的流蘇，「不是的。我大概……大概愛不了什麼人。你很好。真以爲世平會盡其所能的傷害她，言語或暴力，他卻只是頹然的坐著。

「那麼，妳希望祥介回來嗎？」如果這樣能讓她高興起來，重燃對生命的熱愛，他願意。

「不。」她奇怪起來，「世平，你眞的愛我嗎？」

第一次，看到這樣精明幹練老謀深算的商場悍將，在她面前哭了起來。

她覺得很震動，原來被愛……是這樣的感覺：感動、虛榮，卻爲了無法回應而虛軟無力。

被我愛過的人，心裡都經過這樣的掙扎吧。原來不愛的人才能得到勝利。

但是勝利者，卻一點高興也沒有。

雖然世平把房子留給她，她卻只拎著一個行李袋離開了他的庇護。

什麼也沒帶。

原本住在租書店的倉庫，老闆娘臨去台北前，非常不忍。

「樓上租一層也不過七八千塊，這麼省做什麼？」她搖頭看著地上的睡袋，「要不是隔壁的車庫太髒，住那裡也比住這裡好。」

車庫？「車庫也是我們的嗎？」

「對呀，以前我老公都把車停在車庫裡，現在是空了。但是地上都是機油…」

難怪租金這麼貴呢。她到隔壁看看，發現車庫前後都有窗，應該是租書店這邊隔出來的，大約十來坪的空間。

她深夜裡動手清洗地上的機油，慢慢的整理。老闆娘慷慨的把一些不要的傢俱給她，所以她也有了床和書桌。

正在整理房間，接到意外的電話。

「沈小姐？我是林文秀。」

陌生的名字，陌生的聲音。

「妳是……？」

「我是鍾太太。」

她的聲音那樣的不安，像是闖了什麼大禍。

「妳……我並不是要妳離開世平。」她有點惶恐，之前的慘痛記憶都湧上來，總有奇怪的女人會囂張的來吵鬧。失了沈染香，她不知道又要筋疲力盡的對付怎樣的女人，「妳爲什麼……」

「我不愛他。我不像妳這樣愛他。」染香自己也鬆了一口氣。畢竟忍耐著別人的柔情蜜意是很累的。

愛他？文秀在電話這頭僵硬。她心裡千回百轉，心裡一點深沉的痛，漸漸擴大。

「我……我已經沒辦法愛誰了，」染香覺得很輕鬆，有些虛弱的輕鬆。「我的愛情只有一個香水瓶子那麼多。用完了，就沒有了。」

「突然有點羨慕妳。」文秀笑了起來，慘然的，「或許這樣最好。」

這樣最好嗎？她微笑，望著光潔得幾乎什麼都沒有的房間，她的心裡不曾這麼平靜過。

她就這樣安靜的生活在陌生的城市。一個很少下雨的城市。

原本窈窕的身材因爲安逸，漸漸變得圓潤。但是，她不再像以前那樣驚慌著減肥和餓肚子。活下來是多麼艱辛的事情，能夠感受到正常飲食的喜悅，爲什麼不？這世界的喜悅已經太少了。

來來往往租書的客人，從很老到極小都有。幾個剛剛進入青春期的少年，也會帶著愛慕的眼光看著她。

她還是一樣溫柔著，什麼也不多說。有些客人貪著她的咖啡，一坐就是大半天。

甘心像隻蠹蟲，安靜的住在故紙堆裡。或許這樣埋葬掉自己的下半生有些可惜，但是墳墓裡沒有風雨。

❄ ❄ ❄

收到一整個郵包，她愣了一下。

打開來，滿滿都是祥介從美國寄來的信。她搖搖頭，覺得有點好笑。世平當然是好人，只是這樣的天眞。

這些東西寄給我做什麼呢？他這樣努力也不能夠破解的心防，難道會爲了幾封信又被傷害第二次嗎？

我已經過了那樣的年紀。我，已經安靜的走進三十。

但是夜裡，關上店門以後，她會打開這些信消遣臨睡的時光。

男孩子的愛情像是火焰，很容易熊熊，卻也容易消失冷淡。也跟火焰一樣，靠太近絕對會被傷害得體無完膚。

她已經學乖了。

如果是一年前，接到這些信，她會多麼狂喜。但是男人不重視已經獵捕到的獵物。他們的眼睛，還是遊移在地平線飛躍的羚羊，那才是他們終生無法停止的目標。

她停下來，不願意被追捕。

這些信，這些信。他的熱情可以燃燒多久？她的臉上帶著嘲弄。不會太久的，相信我。

所以，下個暑假來臨，祥介在她面前出現的時候，她的心卻連一點漣漪都沒有。

呵，他長高了，也長壯了許多。看見他過得不錯，她點點頭。

就是這麼多了。她實在沒辦法做出更多更好的反應。

他也幾乎認不出染香。原本緊張的啃噬內在的她，現在卻變得沉穩而安靜，她胖了許多，原本枯瘦的四肢圍著圓圓粉嫩的肌肉。這樣的圓潤讓她原本惹人發狂的身材，轉得沒有攻擊性。

只有眼睛。眼睛和那最後一次見到她的時候一樣，那樣清冷沒有情緒，像是可以倒映一切的冰湖。

「好嗎？」她溫柔的問。

如果她裝作不認識，如果她落淚或罵他，祥介的心裡會覺得好些。

但是她卻只說，「好嗎？」

無聲的沉默填充著陳珊妮嘲弄的歌聲，客人來借書還書，她靜靜的登記。

他的心裡慢慢的播映著所有的過往。舞池裡的驚豔，輕狂的追求，得到時的狂喜，被迫分離的悲傷，和自己也不知道自己在追求什麼的輕狂。

她的笑她的淚，她那燃燒的豔光。和現在，什麼都不再有的安靜和蟄伏。

我不知道我好不好。

我只知道，發現染香離去的時候，我的心像是出現了一個極大的黑洞，什麼也填不滿。

回到美國，所有的情緒都沉澱下來，再也沒有染香的等待和E-mail，接下來的秋葉和冬雪，除了悽愴，再也沒有什麼。

這些來來往往，心思淺薄的小女生，撒潑著她們的青春，卻也只有青春而已。

她們缺乏染香眞正的熱情，和那種濃郁的憂傷。

淡淡的揮發著辛辣苦澀的香氣，在他們的相愛中。

「我不好。」他開口，「沒有妳……是我不好。不要拒我於千里之外……」

「我沒有。」她有點詫異，有什麼不快的表示嗎？沒有吧？「四海之內皆兄弟。歡迎你來。」

只有她的溫柔沒有變。

那只是空空香水瓶子殘留的香氣。隱隱的，即將揮發殆盡。是不是冷氣太強？祥介的心裡有著悽楚的微寒。

染香只抬起頭微微笑著，給了他一杯熱騰騰的咖啡。氤氳白氣中，她的眼睛，仍然住著一個粼粼冰湖，自己卻沒有發現。

崎嶇漫長的旅程，永不止息

一直到世平停止匯款到她的帳戶，她才發現世平的公司出現重大危機。網路經濟泡沫化的崩盤，大陸投資的過分擴張，讓龐大的亦達幾乎應聲而倒。許久不看新聞的染香拿著報紙，卻覺得報紙這樣的沉重。

多久沒動過這個帳戶了？一年？兩年？應該兩年吧。三個暑假，祥介才剛回美國不久。她開始不懂祥介。這幾年的暑假他都回台灣來。然後什麼地方也不去，安靜的住在台中，等她開店，他來坐著，幫忙整理書。關店以後就回去，並不要求留下來。

也許，這是另一種短暫的詭計。或許，他在美國遇到了重大的感情挫折。不管眞相是什麼，她不想知道，也不會問。

第二年他又來，染香並不期待什麼。走到這個年紀，她已經太熟悉男人的伎倆了。打電話打上一禮拜，只要想到就打。制約了女孩子以後，失蹤個三四天再回來。女孩子會誤認這種被制約就是愛情，然後眞的一頭栽下去。

她覺得靜眞對。決定不再絕望，就得先放棄所有的希望。
所以，她不去動世平給她的錢。任那些錢漸漸堆起來，也不去理會。
倚賴是種恥辱。既然決定離開遮風避雨的地方，她就沒打算回頭。但是不代表她不關心世平。
在她最絕望的時候，世平拉過她，她懂得感恩。
她把帳戶提空，做了張銀行本票寄給世平。世平只回封放了空白支票的信，那張空白支票上面塡了兩年後的日期，卻沒有金額。
淡淡的微笑。能幫得上忙就好了。
但，亦達的危機這麼大，她的金額這麼渺小，她只能眼睜睜的看著亦達緩緩沉沒，最後香港來的財團併購了亦達。
報紙上幾行輕描淡寫，不知道是多少血淚在後面。
她默默的北上，避開世平，找了文秀。
過了好一會兒，文秀才認出她來，緊緊握住她的手。文秀的手一片冷汗。
「沒想到……連父母親都跟我撇清，妳卻願意來看我。」龐大的壓力將她壓得非常憔悴，染香的心裡說不出有多麼難受。
現在的文秀，和過去的自己，都有著焦慮而愛著的靈魂。

「搬家嗎？需不需要幫忙？」她看著整室的狼藉。

「要搬去哪裡？」她苦笑，「我正在找還能賣的東西。不過，也眞的得搬。買主就要簽約了。」

「要來台中嗎？」她的聲音還是輕輕的，將一副鑰匙放在文秀的掌心，「房子不大，但是一家四口住著大概剛好，算是喘息一下吧。那並不是我的產業，只是暫時放在我名下管著。」

文秀握緊她的手，落淚。

他們接受了染香的好意，搬到台中去。但是世平到了上海，只有文秀帶著兩個孩子過來。

染香卻不曾去過那裡。那個家屬於文秀，她不想讓文秀覺得她這個「壞女人」用卑劣的手段讓她覺得困窘。

「我沒這麼想過。」這下子，文秀倒是眞的困窘了。

她輕拍文秀的手，「我就在這附近。有什麼事情，喊一聲就是了。」

不愛就是有這種好處。不愛，就能將一切單純化。

也因爲不愛，祥介回國來找她，染香也願意替他找住處、工作。

「轉眼成空。」他笑，表情卻很輕鬆。

「沒有什麼負債，已經是萬幸了，」染香淡淡的，「怎不念完大學？」

「學費貴，」他把自己的行李扛進新住處，「再說，叔父既然去大陸奮鬥了，我總得照顧嬸嬸和弟妹。」他停了一下，「我也就剩這些親人。」

他，倒眞的長大了一點點。

少年會長大。他在台中找到美語老師的工作，一面關照著嬸嬸和異母弟妹，一面關照著染香的生活。

原本奢華如貴族的一家人，突然生活都簡單下來。開頭幾個月，文秀因爲錢不夠用，總是哭泣的。

她在台中沒有朋友，只能到染香這裡。等她寧定下來，到一家很小的出版社當了文編，也把所有的牢騷和不滿全收起來。

女人的韌性是驚人的。

染香看著常到店裡來的祥介，有時會突然迷糊起來。這個高大爽朗的男人是誰？是那個在揚著五彩毒粉的夜裡，用那樣柔軟誘惑的聲音，喊住她的黑天使嗎？

她發現自己漸漸想不起少年的祥介模樣。生活不曾饒過誰。不景氣也襲擊了她小小的租書店。開店的時間越來越長，她的休假越來越少。這樣卻還只能勉強維持生活，無法再請工讀生。

她還是咬牙熬了過來。

單純的生活變得更單純，物質的慾望更低。她已經很久沒逛街了，最常穿的衣服是佐丹奴。她的手指和脖子都光光的，一點首飾也沒有，文秀也只有一支手錶。

至於祥介，他更簡單到T恤牛仔褲全都是「Night City」。

「這是什麼牌子？」染香有點糊塗。難道她太久沒有出去行走，出來的時尚牌子都不知道？

「『夜市牌』啦！」祥介笑著說。

染香也笑出來了。

「好久沒看到妳笑了。」他摸摸染香的頭髮，她不像以前閃得那麼快。

「對不起。」染香抬頭看他，「我為了少年的自己，跟妳道歉，對不起。」

染香沒有說話。她仔細的看著這個少年時在她心臟插上致命的一刀，讓她拒絕一切的少年。曾經是少年。

「我不原諒你。絕對不原諒你。」她的唇角浮出若有似無的笑容，「我絕對不原諒你……只要我不原諒你，你就不會離開。只要我不愛你，你就會愛我。只要我不把你放在心上，你離開的時候，我就不會傷心。我絕對不原諒你……」

臉上蛇行著溫熱，她才知道這麼多年乾涸的自己，又哭了。

這淚落在龜裂的心底，有著鹽巴抹過傷口的劇烈疼痛。

祥介輕輕的攬住她，有些怯怯的。總是懸著的一顆心，終於落地。

「現在說，實在有點早。」他拿出樸素的金戒指，「但，嫁我吧。」

這是她聽過最美的情話。

＊＊＊

終究，她沒嫁給祥介。那枚金戒指串著金鍊，掛在她的脖子上，成了她唯一的首飾。

染香已經太老了。她的心境老到幾乎入土。她已經和孤獨密不可分，再也不想離開這個名爲「孤獨」的明友。

祥介卻只是笑一笑，「總有一天。我會讓妳戴在無名指上。」

「我絕對不嫁你。」染香笑笑著回答。

寂寞麼？其實，她已經很久不去想寂寞這件事情。這條崎嶇漫長的人生路程，還有太多路要走。

不管有誰同行，都是孤獨一個人。

每天的清醒都是一場旅程。不管誰陪著，都只是同方向的旅人。誰也不知道會從哪個轉彎處消失。

「我可以等，」祥介微笑，「我們還有漫長的時間可以等。」

或許，眞正在等的，是我。我在等待答案的揭曉。在我棺木上，能不能得到沾著你的眼淚的白玫瑰。

這種等待裡，我不寂寞；是的，我不寂寞。

國家圖書館出版品預行編目資料

靜學姊〈典藏版〉/ 蝴蝶Seba著.
– 二版. -- 新北市：雅書堂文化, 2010.10
面； 公分. --（蝴蝶館；43）
ISBN 978-986-6277-46-7（平裝）

857.7 99017941

蝴蝶館 43

靜學姊〈典藏版〉

作　　者／蝴蝶Seba
發 行 人／詹慶和
總 編 輯／蔡麗玲
執行編輯／蔡毓玲・蔡竺玲
編　　輯／劉蕙寧・黃璟安・陳姿伶・李佳穎・李宛真
封面設計／斐類設計
美術編輯／陳麗娜・周盈汝・韓欣恬

出 版 者／雅書堂文化事業有限公司
郵撥帳號／18225950
戶　　名／雅書堂文化事業有限公司
地　　址／新北市板橋區板新路206號3樓
電子信箱／elegantbooks@msa.hinet.net
電　　話／（02）8952-4078
傳　　真／（02）8952-4084

2007年09月初版一刷　2016年09月二版六刷　定價 250 元

總經銷／朝日文化事業有限公司
進退貨地址／新北市中和區橋安街15巷1號7樓
電話／（02）2249-7714
傳真／（02）2249-8715